捧 读

触及身心的阅读

夜空中站满了提灯的人

第 18 届华文青年诗人奖获奖诗人作品集

谈骁　芒原　周簌　著

《诗探索》编辑部　编

南方出版社
海口

图书在版编目（CIP）数据

夜空中站满了提灯的人：第18届华文青年诗人奖获
奖诗人作品集 / 谈骁，芒原，周簌著. -- 海口：南方
出版社，2022.3
ISBN 978-7-5501-7470-2

Ⅰ. ①夜… Ⅱ. ①谈… ②芒… ③周… Ⅲ. ①诗集—
中国—当代 Ⅳ. ①I227

中国版本图书馆CIP数据核字(2022)第032112号

夜空中站满了提灯的人:
第18届华文青年诗人奖获奖诗人作品集

YEKONGZHONG ZHANMAN LE TIDENG DE REN:
DI18JIE HUAWEN QINGNIAN SHIRENJIANG HUOJIANG SHIREN ZUOPINJI

谈骁 芒原 周簌 【著】　《诗探索》编辑部 【编】

责任编辑：　古　莉
封面设计：　陈晓峰
出版发行：　南方出版社
邮政编码：　570208
社　　址：　海南省海口市和平大道70号
电　　话：　(0898) 66160822
传　　真：　(0898) 66160830
经　　销：　全国新华书店
印　　刷：　天津创先河普业印刷有限公司
开　　本：　787mm×1092mm　1/16
印　　张：　8.5
字　　数：　88千字
版　　次：　2022年3月第1版　2022年3月第1次印刷
书　　号：　ISBN 978-7-5501-7470-2
定　　价：　58.00元

第 18 届华文青年诗人奖获奖诗人名单

谈骁（湖北）

芒原（云南）

周簌（江西）

第 18 届华文青年诗人奖组织委员会

主任：谢 冕
委员：吴思敬
　　　林 莽
　　　商 震
　　　刘月强
　　　葛诗谦

第 18 届华文青年诗人奖评审委员会

主任：谢 冕
委员：吴思敬
　　　林 莽
　　　商 震
　　　侯 马
　　　邹 进
　　　刘立云

华文青年诗人奖简介

华文青年诗人奖是由《诗探索》编辑委员会主办的全国性诗歌奖项，该奖项面向 40 岁以下的年度创作成绩突出的青年诗人，旨在表彰和树立优秀青年诗人形象，倡导良好的诗歌写作方向。

该奖每年在全国范围内遴选出 40—60 名创作成绩突出的诗人，作为候选人入围该奖的评选，最终由评审委员会评出 3 名获奖者。

《诗探索》是创办于 1980 年的中国第一本中国新诗写作与理论研究期刊，由中国当代文学研究会、北京大学新诗研究院、首都师范大学中国诗歌研究中心 3 家学术单位共同作为学术支持机构，由谢冕等十几位新诗专家和诗人组成编辑委员会。

华文青年诗人奖是《诗探索》编辑委员会主办的独具特色的诗歌奖项，该奖创办于 2003 年，坚持"四个一"的方法，即：评出一个诗歌奖，开一个获奖诗人研讨会，出一本获奖诗集，遴选一位驻校诗人。目前，该奖已举办了 18 届，评出 54 名优秀诗人，开创了中国最早的驻校诗人方式，已有 17 位驻校诗人入住大学校园，完成了驻校一年的学习与研究工作。

"诗探索·华文青年诗人奖"坚持面向有发展前景的优秀青年诗人，坚持独创性、立体化，坚持专家评审的评奖方式。它公开、公正、公平的评奖结果，获得了中国诗歌界的普遍好评，是一个成熟的、具有广泛影响力的诗歌奖。

历届获奖诗人名单

第 1 届	江一郎	刘 春	哑 石
第 2 届	江 非	雷平阳	北 野
第 3 届	路 也	卢卫平	田 禾
第 4 届	王夫刚	李小洛	牛庆国
第 5 届	荣 荣	李轻松	苏历铭
第 6 届	邰 筐	李 寒	熊 焱
第 7 届	孔 灏	尤克利	阿 毛
第 8 届	黑 枣	徐俊国	林 莉
第 9 届	蓝 野	谷 禾	宋晓杰
第 10 届	郭晓琦	丁 立	杨 方
第 11 届	刘 年	谈雅丽	慕 白
第 12 届	冯 娜	陈 亮	离 离
第 13 届	臧海英	王单单	张巧慧
第 14 届	张二棍	聂 权	武强华
第 15 届	灯 灯	陆辉艳	方石英
第 16 届	吴乙一	徐 晓	祝立根
第 17 届	张常美	敬丹樱	林 珊

目 录

芒原作品

周簌作品

谈骁作品

诗人简介：

谈骁，1987 年生于湖北恩施。现供职于长江文艺出版社。
2006 年开始写诗。著有诗集《以你之名》（2012，长江文艺出版
社）、《涌向平静》（2017，中国青年出版社）。曾参加诗刊社
第 33 届青春诗会、第 9 届《十月》诗会。获《长江文艺》诗歌
双年奖。湖北省作协文学院第 12 届、13 届签约作家。现居武汉。

授奖词

  谈骁是一位对于现代抒写有着独特理解的青年诗人，他的诗情感饱满、沉潜，有一种经历和思考后的明澈。他的诗语言朴素、内敛，将平凡的事物呈现出丰富的诗意。鉴于他所取得的诗歌成绩，特授予 2020 年第 18 届"华文青年诗人奖"。

评委评语

  他重视对生活的理解，父亲写春联，平静中表达对生活的热爱。他总是能在日常中表达深沉的关切。

——谢 冕

  诗人通过对家乡的童年生活的追忆，重新发现了埋藏在寻常意象与生活琐事中的诗情。透过那种淡淡道来的舒缓的诗句与那种遥远的温馨的感受，一种强烈的历史感油然而出。

——吴思敬

  谈骁的诗成熟、沉潜，是经历和思考之后的宁静与明澈。他书写日常生活中事物间隐秘的诗意，语言干净、流畅，不露声色但耐人寻味，于平静中见功夫。

——林 莽

  扎实的生活现场，可靠的情感经验，丰富有效的传达，作品有较强的生成能力。

——商 震

谈骁风格成熟，诗作细腻、准确，绵密而生动，在克制中蕴含着充沛的感情，以小喻大，意味深长。《口信》《夜路》《视野》尤为典范。

——侯　马

谈骁的诗不是浮泛的田园挽歌，描写过去，是为了对现在性的理解，正如他说，追忆不是目的，而是方法，是理解生活的方式。文字富有经验，感受非常诚实，读他的诗不困惑。

——邹　进

谈骁是朴素和诚实的，写作姿态几乎低进泥土，而且不慌不忙。这与泛滥成灾的乡村伪抒情诗形成明显反差。农民和大地确实值得赞颂，但必须自然生长。年轻人的努力显而易见，虽然还缺乏必要的锋芒和深度。

——刘立云

但求理解（诗学随笔）

谈　骁

　　写了近10年诗之后，我才开始写我的故乡。

　　2013年春节，我坐一辆面包车回老家，汽车在山路盘旋。车里有几个过去生活在乡村、如今在镇上经商的亲戚，一直在谈论着过去的田间生活。经过一片陡峭的农田，一个人指着窗外说："这些田这么陡，什么都种不住。种几个土豆吧，挖出来就跑了，追都追不到。"这一幕我太熟悉了：倾斜的山坡上，土豆在前面滚动，人在后面追赶。我就是那个追赶的人，不仅滚动的土豆如在眼前，更多的山村经验也逐渐复活，成了我取用不尽的写作资源。

　　之前也写过家乡，但多半是猎奇式的景观书写，或者浮泛的田园挽歌。我没有真正理解那片土地以及土地上的人。全球化时代，地域的神秘性已经丧失，它只是构成一个人的生存背景，决定了一个人理解生活的方式。

　　写家乡，不可避免带有追忆性质。在这个求新求变、"每天不一样"的时代，注目过去，往往被视作对当下的逃避。我曾经自我辩护说：所有的写作都是面向过去，即便你描述此刻正在发生之事，你写出来，它也成了过去。这是一种诡辩，只能在逻辑上安慰我。我的追忆之诗，既是认识童年观察过而在后来的漫长岁月里遗忘的事物，理解过往之物的"现在性"；也是借助童年的清澈和无垢，来观察此刻，理解此刻之物的"过去性"。所以，追忆不是目的，而是方法。

　　画家德拉克洛瓦曾如此论述创作的速度："如果你的技巧不足以在从4楼摔到地面的时间里素描出一个从窗口跳下去的人，你就永远不可能创作出伟大的作品。"支持德拉克洛瓦的波德莱尔也说："对于行为的速写，存在一个变化速度极快的问题，这要求艺术家们以同样的速度去完成创作。"追忆之诗写多了，我已经丧失了这种写作的速度。这丧失，归根结底是经验的缺席：眼前的经验，仓促之间还不能成为写作的养料。就像一个池塘，因为无所不包，因为一切尚在形成、建构，所以是混浊的。我不得不等待，等池水变清，看得到池中的游鱼和水沫，也能看到池底的淤泥和水草。

有一次和张二棍谈到写诗的速度——我们都不是善于即刻反应的写作者。张二棍对我说："不要怕我们跟不上光怪陆离的城市。"张二棍的慢是相对的，厚积薄发，他可能在某一段时间内停笔不写，一旦动笔却又能下笔千言。他不追求速度，在于他有足够强大的消化能力——他最近写了很多长诗，似乎就是一个证明，而写长诗，需要的也不是瞬间反应，而是对各种材料的综合处理，是一个必要的观察的距离；于我，这个"观察的距离"是被迫的，是经验到文字的转化欠缺功力所致。但我仍然愿意相信，写作不需要追求速度，不像绘画，德拉克洛瓦对瞬间的抓取以及之后的印象派对稍纵即逝的捕捉，是因为当画家抬头再看时，一切已经面目全非了。诗歌不怕面目全非，有时候，诗歌甚至渴望面目全非，它需要在"一切坚固的东西都烟消云散了"的时候，去重新建立一种坚固。

我是依仗经验的写作者。如果要仔细分析，我仰仗的经验是"身体经验"：我听到的、闻到的、触摸到的。至于我们想到的、读到的，当然也是诗歌中的一部分，但它们不是诗的引线，不是诗的开端，至多是一种中介、一种激发、一种臂助，帮助我们完成一首诗。

从经验到文字，对我来说，不是立等可取的过程，不是照相机的咔嚓一声，而是一笔一画勾勒。哪怕只是呈现一个瞬间、一个画面，也得自日复一日的观察，得自对事物投注巨大的热情而建立的个人感受，了解那些陌生新颖之物，观察那些习以为常之物，分辨那些面目相似之物：花和叶开放的先后，乌鸫和乌鸦叫声的异同，露水和雨珠的轻重……这种感受，不管是客观、全面的，还是主观、狭隘的，我们都坦然接受。有时候，甚至是越主观、狭隘越好，我们需要在意的不是它们是否合理，而是我们对其的感受是否深刻。

基于诚实的感受，在写了几年故乡之后，我终于逐渐进入当下的生活。不是我的写作速度变快了，而是当下的经验逐渐完成了沉淀，变得清澈，成了新的过去。我甚至慢慢地形成了这样的观点：只要有生命经验的投注，所有立身之处，都是故乡。2005年，我到武汉上大学，从此就再也没有离开过这个城市。每一个我住过的地方——沙湖边的湖北大学、汉口的新育村、洪山的柳园路以及如今的野芷湖——我都投注过巨大的热情。我一直在努力记录我在这里的生活：新育村宿舍里剥落的墙皮，一打开就为你亮灯的冰箱，武昌发源于八分山消失于武泰闸的巡司河，我推开窗户就可以看到的野芷湖的湖水……我曾在一首诗里写道："我来到野芷湖边，把一个地址变成住址。"公共的地址，因为"我"的到来，成为我的私人空间。从地址到住址，也是从那里到这里，从新居到故乡。要完成这种转变，需要的不是别的，而是付出你的热情，去观察，去体验，去感受。

我的这些感受之诗，往往被归入传统之列：既指言说对象，也包括语言形式。

我言说的对象，比如山中滚动的土豆，一下雨就涨水的河，一个上山放羊、砍柴烧炭、等待死亡降临的老人，以及武汉的阳台上的植物，植物上的露水……并非现代的意象。我使用的语言，没有陌生化，没有繁复的修辞——我曾经向一个追求绚丽语言和诡异修辞的诗人表达过我的困惑：诗歌语言是为了呈现还是为了遮蔽？如果是呈现，是为了呈现语言的神秘性还是语言的及物性？可能并不存在标准答案，有的只是个人的美学趣味。我的选择，是回到语言的呈现和及物。当我向一个人描述所见，我会尽量把所见导向他经历过的事物。我向孩子描述快，我会用流星的一闪或者火车的呼啸而过来形容，这是孩子见过的；而不会选择微子的运动速度——它自然比流星和火车快多了：孩子没有见过，也远在我的经验之外，没有可以形容的语言。

我理解的诗，不是语言的容器，也不是观念的容器。如果说它一定是个容器，我希望里面装的，是一个人对生活的认识和理解，是他睁眼看到世界的那一声"啊"、建立认识后将信将疑的"哦"以及最后发现认识之有限时的"唉"。

斯宾诺莎说：不哭，不笑，但求理解。写作之路，就是理解之路。我所有的努力，不过是让这理解变得更个人一些，更可信一些。既然是理解，终会导向一个结果、一种意义。这样的诗，这样的世界观，怀抱希望，也相信回报。如果说现代就是相信破碎，相信世界并非恒定，也没有真相和意义，我接受这样的结果，却不愿意放弃追寻的过程。哪怕结果和意义最终被证明为虚妄，也是被经验和语言去探索过的虚妄：一个终将破碎的气球，在它破碎之前，我都愿意相信它的承受力，我会鼓起力气和勇气，朝里面吹气。诗歌可能是那个破碎的气球，但它首先是气球里面带有个人气味的空气。

虚　构

一个人包含了必要的虚构
履历表上，姓氏、籍贯和民族
并不指向一个具体的人，譬如他在乎什么
是否独自承受，在无门可入的时候

当我描述，虚构随之开始
出身贫寒，所以要求不多
每一点所得像被施舍
每一件事都像在侥幸中完成

在语言里示弱，如抄近路
在纸上涂抹，纸并没有变厚一寸
一次又一次地，我努力把字写好
那过分的工整，像是掩饰在其他事情上的无能

追土豆

我见过挖土豆的人
在三角形的山坡
沾着泥土的土豆，开始了重力的逃跑
土块和杂草的阻拦
让它剥离了泥土，跑得更快
挖土豆的人只会追几步，追不到
就去挖下一窝了
不费力的生活没有

费尽力气的生活算什么
我也追过土豆，一直追到山脚
下面河谷平坦，我像一颗土豆
还在惯性里继续滚动着

语言指南

在户部巷，我遇到一个卖玩具的人，
背着一串铁丝笼子，拿着一卷铁丝。
他说："蝴蝶、菩萨、老虎、两只老虎。"
他拨弄着手里的铁丝，
把它们变成了蝴蝶、菩萨、老虎、两只老虎。

恩施时间

五点钟，天没亮
积雪给地上铺了一层光
空中的雪被车灯照着也在发光
六点，车到花坪，天没亮
但做早点的铺子开门了
做早点的人对我说：早啊
七点，我在景阳下车，天蒙蒙亮
镇上的人还没醒来，父母也没醒来
我踩着雪回家，像雪一样
悄悄出现，喊他们起床

爷爷出门了

除夕早上，爷爷出门了
和奶奶吵了一架后出门了
他顺着收割后的稻田走
稻茬干枯了，烧掉变成肥料
烂在地里也是肥料
平原的稻田没有尽头
爷爷眼前的干枯也没有尽头
转过竹林，眼前是一片野油菜
二月，油菜花早早地开了
油菜叶明亮，油菜花金黄
他知道这里有一片野油菜
他觉得自己就是为它们而出门的
团年的鞭炮炸响，他抱着一堆野油菜回了家

群山无名

吃了阳藿之后，
才知道它的学名。
被一种草刺过手脚，
查到那叫荨麻。
伍家河边，植物的名字
我们慢慢就知道了。
伍家河流入清江，
清江的这一段叫分水河；
下游五六里叫景阳河，

再往下还有别的名字。
我们也会慢慢知道。
我们的知道抵达不了
清江两岸的山。
群山无名，只有高度，
怀抱我们像怀抱树木。
只有高处的路通往云间，
又无声地在我们脚下伸展。

河流从不催促过河的人

雨后，伍家河涨水了
石头太滑，不能踩
有水沫的地方看不清深浅，不能踩
水清的地方，比看到的要深，不能踩
好在河岸很长，河道转弯的地方
藏着让一切变慢的细沙
这是伍家河温柔的部分
河水平缓，低于我们卷起的裤腿
对岸也平缓，河流从不催促过河的人

老成之歌

伍家河的水是重的
一天天加深着河道
河中的石头是重的

被磨损、冲刷，却不移动

河边的树也很重

一枝一叶，都是负累

可是伍家河多么轻啊

倒影和泥沙一天上百里地流动着

清晨，我走在伍家河边

鞋里灌着露水，永无流水之轻

我在树下歇息，渴望有向上的树冠

并在地上留下生长时的巨大阴影

羞耻可以对人言

母亲在人群中解开扣子

孩子吃着奶，止住了啼哭

当她合上衣襟，神圣的乳房

变回神秘的胸脯

我们袒露过爱，这

不可对人言的羞耻

衰老的狗独自出门

死在离家很远的地方

尿床的少年在黑暗中醒来了

他祈祷黑暗更长一些

他要用身体把床单焐干

百年归山

十年前，爷爷准备好了棺材
十年来，爷爷缝了寿衣，照了老人像
去年冬天，他选了一片松林
做他百年归山之地
松树茂盛，松针柔软
是理想的歇息地
需要他做的已经不多了
他的一生已经交代清楚
现在他养着一只羊，放羊去松林边
偶尔砍柴烧炭，柴是松林的栗树和枞树
小羊长大了，松林里
只剩下松树，爷爷还活着
村里有红白喜事，他去坐席
遇到的都是熟悉的人
他邀请他们参加他的葬礼

山顶的果实垂到街道

我有过勉为其难的生活，
在山顶踮起脚尖，
果实压低树枝，仍然挂在高处。
在街上追一辆公交，
只差十几米，我就要追上它。
睡梦中也伸出过手，
以为美好在握，醒来才发现

是虚无赋予我形状。
我知道有梦是因为匮乏，
那让人奔跑的，最后让人止步，
而山顶的果实一直垂到街道，
终于伸手可及了，却再无
采摘的兴趣。满树的果实啊，
眼看是滴露的樱桃，伸手是无常的怀抱。

水果还在山中

照京山中，猕猴桃随处可见，
海拔五百米的河谷地带，
猕猴桃长得最好，
薄薄的皮裹着饱满的身体。
在山腰，猕猴桃身上长出一层
御寒的茸毛。海拔越高，
茸毛越长，越密集。
到了山顶，林中主要是耐寒的松树和杉树，
拨开背光处的灌木丛，
拨开藤条和宽大的藤叶，
猕猴桃还在，茸毛覆盖之下，
它缩成苦涩而结实的
一团褶皱，那褶皱即身体。

西和山中

麻雀的视线从不离开树林
飞得再远,也是一种环绕
狐狸追逐野兔,身体起伏于潜身的草丛

山中,我也是起伏的一部分
见溪流便饮,见山石便坐卧
我服膺于我经过的地方

河流涨水了,流水不会漫出河道
人们舍下房屋和田地离开了
房屋不会废弃,飞鸟和蜘蛛去筑巢结网
田地不会荒芜,杂草茂密,长得比庄稼更好

我住过的地方

我在沙湖、新育村、柳园路各住过几年,
它们都给我一种故乡之感。
沙湖柳树多,下课后我常去散步,
万条垂下,掩护着新鲜的、持续至今的爱情。
新育村是出版社宿舍,紧邻江汉路,
那时我刚毕业,生活拮据,所以
很少出门,还顺便学会了闹中取静。
过了两年,我要结婚了,就搬出宿舍,
租住在柳园路的一栋公寓楼,
房子太小了,但不妨碍一场简陋的婚礼,

客人们喝完喜酒，挤在阳台上、楼道中……
我记得这些地方，我记得我的新鲜、贫困和幸福；
我爱这些地方，为了这短暂的
新鲜、贫困和幸福，我付出了我所有的热情。

湖水

面对湖水，最先看到的
是远处的事物：云堆和高楼，
空中分散的，在水中团聚。
接着可以看到湖水：波浪涌动，
没有让它脱去倒影；枯叶落下，
也不会让它不堪其重，远离自身。
离湖水足够近，看得足够仔细，
才能看到我自己：一个闲游的人，
在动荡、波折中，艰难地维持着人形。

昨日的野鸭

野草没人看管，开始是青草，
长着长着成了荒草，一丛丛的。
野鸭往前游，游过草丛，
还要往前游，草丛下呱呱不停，
我猜是一窝小野鸭。
在野芷湖，有的事物一眼可以看到，
有的只能去猜。又如那个

钓鱼的人，桶里一条鱼也没有，
我猜他只是以此消闲，
浮标一动，即是赏赐。
我每天从野芷湖经过，
这些猜测仍难以验证
——也许无须验证。
只要荒草萧条又茂盛，
只要野鸭游来游去，
像新的一只又像是昨日的那只。

五祖寺后山

穿过五祖寺，
有台阶通往后山。
我走岔了，随山风和落叶
走到一个菜园。
山顶的古松垂下阴凉，
山下的寺里升起香烛青烟，
这是个好地方，
站在菜园中才会明白。
枝头鸟鸣，如同诵经，
白菜如我，菜心深藏，
放任菜叶散乱，杂念纷纷。

过夜树

锦鸡飞回来了，歇在花栗树上；
灰背隼飞回来了，歇在厚柏树上；
天黑了，白尾鹞、红嘴伯劳、鹰鹊
都飞回来了，散落在密林深处。
你也回来了，山中还有空枝，
世上已无空地。你如果在树下停留，
就会知道每一棵树都是过夜树，
就能看到儿时那一幕：
鸟群之外，总有离群的一只，
盘旋于林中，嘶鸣于世上。

军大衣

爷爷去世那晚，
父亲披着守夜的军大衣；
是建房子那年，旧衣物中
父亲唯一留下的军大衣；
小时候，我们入睡后父亲为我们
加盖的军大衣。三十年前，我来到世上，
父亲顶着风雪回家时包裹我的军大衣。

大地之上

我最熟悉的是泥土：

沙土蓬松，几乎不需要翻耕；
黏土板结，为不耐旱的植物保存水分。

我最熟悉的是泥土上的众生：
雉鸡翻越树林，衔回一天的粮食；
老人登上山顶，为自己寻找葬地。
秋天，树叶落尽，枯枝间露出
一个个巢，枯草间露出一座座新坟。

我最熟悉的是离开泥土的人，
像一粒种子，被掷于田野之外，
独自生根，发芽，将稀疏的枝叶
变成自我荫庇的树林：飞鸟成群，
还如在山中那样叫着；而涌到嘴边的
那句方言，已找不到可以对应的情景。

是我离开了他们

一个孩子在山路上跌了一跤，鼻血直流
他还不知道采集路旁的蒿草堵住鼻孔
只是仰着头，一次次把鼻血咽下去

一个学生放下驼峰一般的书包
从里面取出衣服、饭盒，取出书本、试卷
最后是玩具：纸飞机翅膀很轻，纸大雁的翅膀更轻

一个青年在世上隐身了二十多年

只有影子注视过他，只有词语跟随着他
他想说的不多，活着的路上不需要说太多

都不在了，孩子、学生、青年
都不在了，山路、书包、可供隐身的人世
我曾伸手想要挽留，却只是拦住
想随之而去的我。是我离开了他们。

夜路

父亲把杉树皮归成一束，
那是最好的火把。他举着点燃的树皮
走在黑暗中，每当火焰旺盛，
他就捏紧树皮，让火光暗下来，
似乎漆黑的长路不需要过于明亮的照耀。
一路上，父亲都在控制燃烧的幅度，
他要用手中的树皮领我们走完夜路。
一路上，我们说了不少话，
声音很轻，脚步声也很轻，
像几团面目模糊的影子。
而火把始终可以自明，
当它暗淡，火星仍在死灰中闪烁；
当它持久地明亮，那是快到家了。
父亲抖动手腕，夜风吹走死灰，
再也不用俭省，再也不用把夜路
当末路一样走，火光蓬勃，

把最后的路照得明亮无比，
我们也通体亮堂，像从巨大的光明中走出。

我最喜欢的声音

我最喜欢的声音是流水声，
是流水拍在石头上的哗哗声，
是流水经过已变得光滑的石头
流入水潭时的簌簌声，
是水沫泛起转眼又破灭的噗噗声。
我站在河边，天色一点点变暗，
我最喜欢的声音，是对岸树林
传来的窸窣声。父亲从树林出来，
坐在河边石头上，慢慢脱掉鞋袜
卷起裤腿。我最喜欢的声音，
是我趴在父亲背上听到的，
是流水仿佛忘记了流动的那种寂静。

最甜的梨是不是最好的梨

梨子还没有成熟，
果实蝇就来了，
看起来就是蜜蜂，
也像蜜蜂一样
射出尾针。许多年后，

我才知道它们叫果实蝇，
借助尾针，
它们把卵排进果肉。
很快，梨子成熟了，
幼虫孵出，果肉开始腐烂，
我喜欢这些
被果实蝇糟蹋的梨子，
削去腐烂的部分，
残缺的梨子
有整个梨子的甜。

酸李子，甜李子

晚上我们去果园摘李子，
月光明亮，露水正挂上草尖。
她摘伸手就可以摘到的，
我爬上树，摘挂在高处的。
李子还没长好，
高处的低处的都没有长好。
果肉很硬，酸中带一点甜。
我们闷闷不乐地离开果园，
分开之前她说：我们换着尝尝吧。
我们就交换了彼此的李子，
我一直记得她的李子：
带着热气和香气，果肉似乎也
变软了，甜中带一点酸。

琴

拨弄琴弦，那声音
不是我想发出的。
丝弦紧缚，每一根都有
百斤之力。何来悦耳之声，
当它发出声响，
先有一阵颤抖，
是替我说出不安，
也是呼应那些远古的平静：
在山中，在河边，在清风
吹动的衣襟之下，
我让万物开口，而我不再说话，
这沉默才是我想表达的。

稻穗和稻草

他喜欢在收割后的田野捡稻穗，
稻穗零散，像星辰隐藏于黑暗，
他怀着指认的乐趣，拾起那些金黄的光。

老了之后他更爱稻草，引火的稻草，
搭棚时盖在棚顶遮雨的稻草，
每在夜半惊醒，他伸手到棉被之下，
摸到了垫床的稻草，闻到了一生的劳碌味道。

推磨的人

我们提着玉米去磨坊，
父亲推动磨盘，我往磨眼里倒入玉米。
磨盘旋转，玉米粉碎，
多么神奇啊，似乎没有什么
是磨盘不能粉碎的，
没有什么是父亲不能推动的。
推磨时他一言不发，
像旋转的磨盘，一味地送出力气。
后来我见过机器磨，钢铁的磨芯
被履带牵引，被电机带动，
山呼海啸一般，像要把一切力量喊出来。
而石磨的安静我始终记得，
那是生活本身的沉默。
玉米磨完，最后一步是清洗石磨，
清水倒进去，浑水溢出来，
不用再推动磨盘了，我们在一旁看着
这清洗石磨可以自己完成。

屋外的声音

一觉睡醒，夜深了，
外面房间的灯还亮着，
父母还在说话，
不用听清他们在说什么，
有声音就够了，

我可以安心地继续睡。
许多年后，轮到我
在夜晚发出声音：
故事讲到一半，孩子睡着了，
脸上挂着我熟悉的满足表情。
夜已深，屋外已没有
为我亮着的灯。
夜风扑窗，汽笛间以虫鸣，
如果父母还在房间外面，
他们什么都不用说，我什么都能听清。

口　信

小时候我曾翻过一座山，
给人带几句口信，不是要紧的消息，
依然让我紧张，担心忘了口信的内容。
后来我频繁充当信使：在墓前烧纸，
把人间的消息托付给一缕青烟；
从梦中醒来，把梦里所见转告身边的人。
都不及小时候带信的郑重，
我一路自言自语，把口信
说给自己听。那时我多么诚实啊，
没有学会修饰，也不知何为转述，
我说的就是我听到的，
但重复中还是混进了别的声音：
鸟鸣、山风和我的气喘吁吁。
傍晚，我到达了目的地，

终于轻松了，我卸下别人的消息，
回去的路上，我开始寻找
鸟鸣和山风，这不知是谁向我投递的隐秘音讯。

人事音书

在酒席上遇见一个朋友，
我没有一眼认出他，是坐在他旁边的孩子，
让我想起那个和我一起上学的少年，
想起他叫钟文华，又想起钟奎、杨年浩……
这些曾和我一起长大的人，
这些仿佛生下来就认识的人，
都走散了，音信全无，只有同路的时光
还历历在目，那是一段山路：
陡峭，曲折，充满无知的幸福。
我再也没有那样容易的路可走了，
我再也没有那样亲密的同行者。
如今我相信人生的路不需要太多同伴，
一个人就可以把悲欢尝够……
酒席过后，钟文华先回去了，
他的孩子会和我的侄儿们玩到天黑，
他们是幼儿园的同学，还要过很多年，
他们才会像我们这样，无可避免地疏远，
在那之前，他们会亲密无间，
仿佛生下来就认识，以为永远不会走散。

二高山

沿着河谷走，
雪落下来只剩一点雨丝，
沙土路干燥，
鞋底不会沾上泥，
海拔三四百米的低山就是这样的。
往山上走，雪越来越大，
山真高啊，爬两三个小时才到山顶，
大雪覆面，雪深及膝，
水管入冬就冻住了，
人们去水库打水。
每次看到打水的队伍，
母亲都会说："可怜的高山人啊。"
翻过高山往下走，
有积雪但不厚的地方，
水管冻住但一壶热水就可以疏通的地方，
父母一直不肯离开的地方，
是二高山，是我的家。

成为父亲

女儿出生后，
先去了洗浴室。
护士要我检查她的身体，
她的眼睛、鼻子、耳朵、嘴唇，我看过了，
她的手指和脚趾，我数过了。

那么新鲜、干净，
除了母腹的一点血迹，
再没有沾染什么。
第一针疫苗打下后，
她开始啼哭，但还没有眼泪，
她蹬着细细的腿，但已没有子宫的安慰。
护士说："你可以抱她了。"
我走近她，
我抱起她，
我的女儿
在我怀里慢慢动着，
我也跟随她慢慢动着，看起来像
一种抚慰，而不是无法抑制的颤抖。

走 马

一匹蒙古马
拉着轻架车和骑手
在赛道上走。
并不慢，比起旁边的勒勒车；
也不算快，比起清理赛道的摩托车。
适中的速度，让它有空注意四周，
也允许我们看清它的四蹄：
总有两只落在地上。
如果它跑起来，四蹄是腾空的，
像被空气牵引，而无须从地面获得力量。
最后的四百米，骑手扯动缰绳，

它提速了，
四蹄生风，吹动马尾，
但依然是走。
走过终点时，它高仰着头。
一个蒙古朋友告诉我：
"走马看姿态，这匹马就很优雅。"
我知道这优雅是因为它
随时可以跑起来。
马跑起来，你才能听到马蹄声。

虫子的声音我形容不了

天刚黑，虫子出来了，
草丛里出来的是蛐蛐、蝈蝈，
地底下出来的是蝼蛄，
世上的鸣虫我就认识这三种。
它们一晚上要做很多事，
交配，游荡，被别的虫子吃掉，
我们只知道它们在叫，
这些找不到拟声词来描述，
也少有喉咙可以模仿的声音，
托举着我，穿行在照京山中。
到了山脚，我停车下来，
山中只剩虫鸣了，
山中只有一个听虫鸣的人。
拨开一丛茅草，借着手机的光，
我看到一只蝈蝈，腹部不再颤动，

触须还在警觉地伸缩。
这茅草的清香，这暴露于强光下的静默，
唤醒了我，我喝着嘴唇，
用不太标准的"唧唧"声，
冒充这只蝈蝈，加入夜晚的和鸣。

生碑十四行

照京山荒了，刺棘和野茅草
收回了土地，唯一的道路通往墓地，
留给我们这些祭扫的人。

墓碑中有一块生碑，
花岗岩上字迹崭新，
碑前没有纸灰，
一层新土，覆盖着几株月季。

我认识这块碑的主人。
早上我们在山脚相遇，
他扛着锄头，我提着黄纸。

他对我说："你回来啦？"
我对他说："你忙完啦？"
我们彼此都觉得面熟，
差一点就要认出对方是谁。

春　联

父亲裁好红纸，
折出半尺大小的格子；
毛笔和墨汁已准备好；
面粉在锅里，即将熬成糨糊……
父亲开始写春联了。
他神情专注，手腕沉稳，
这是他最光辉的时刻。
他写下的字比他更具光辉，
它们贴在堂屋、厨房、厢房的门窗，
把一个家包裹成喜悦的一团，
直到一年将尽，
红纸慢慢褪去颜色，
风雨最终撕下它们。
父亲买回新的红纸，
他要裁纸，折纸，调墨，熬制糨糊，
他要把这几副春联再写一遍。

褟　褓

女儿从产房出来，
裹着一床蓝色包被，
这是她最初的褟褓：包裹严实，
留下半臂的空间，供她手脚伸展。
伸展即触碰到边界，像在母亲腹中，
一种熟悉的束缚之感，让她止住啼哭。

她触碰到的会越来越多，
直到一切都是束缚；
她的襁褓会渐渐变大，
直到四周空荡荡，
像她的父母，像她即将遇到的每一个人，
没有什么可以凭借，
无人听我们啼哭，
那可以缩身的都是襁褓，
都是为我们隔绝外物但连通人世的子宫。

视　野

小区外面是板桥社区，
几十年前的还建房，正在等待拆迁；
外面有几条铁轨，东南部的火车经此去武昌；
再外面是三环线，连通野芷湖和白沙洲；
最外面，就是野芷湖茫茫的湖水……
我喜欢视野里的这些轮廓，
这些抬头就能看到又不必看清的轮廓，
这些似乎一直如此而让人忽略其变化的轮廓，
它们支撑起我不测人生里的稳定生活，
看书的间隙，接电话的时候，
我就去阳台上，远望以放松，
偶尔看得出神，忘记了说话，
电话里的人说："喂，喂，信号不好吗？"
我说："你等一下，这里有一列火车正在经过。"

芒原作品

诗人简介：

　　芒原，原名舒显富，1981 年 4 月生于云南昭通。现为警察。在《人民文学》《诗探索》《诗刊》等刊物发表作品。有诗歌入选多种诗歌选本。参加第 3 届《人民文学》新浪潮诗会，获首届中国公安诗歌新人奖等。有诗集《舒显富诗选》，诗合集《群峰之上是夏天》。现居昭通。

授奖词

芒原是一位有着审视与反思意识的青年诗人，他的诗情感细微、冷峻，让我们感受到了朴素的真诚。他的诗语言清晰、简洁，使繁杂的现实生活呈现出戏剧性的诗意。鉴于他所取得的诗歌成绩，特授予 2020 年第 18 届"华文青年诗人奖"。

评委评语

他的诗有一种神秘的气氛，他总是对着幽暗大声喊叫。他是诗的信徒，无论走向哪里，总有诗意为伴。

——谢 冕

芒原的诗歌来自生活的深处，善于在平凡的生活场景中发现不平凡的诗意。他写警察生活的几首诗尤其有特色，显示了厚实的生活积累与高超的艺术手法的结合。

——吴思敬

芒原的诗在平和的文字中充满了玄思与幻象。他的诗语言亲切，叙事明了，内容贴近生活，情感朴实无华，在长短句中体现着现代诗歌语言的节律与语感。

——林 莽

历史经验与个人经验的有机融合，干净利落的语言，确定的人生观与价值观，使作品深邃有力。

——商 震

芒原的诗显而易见是一个警察的诗，他的诗中有一种十分深切真切的职业体验，有一种十分真实的人生体验，沟通两者的绝不是升华或者说教，这赋予他的职业一种尊严，也赋予他的诗作一种独立。芒原的认真是骨子里的认真，很汉子，很血性，重情重义。同时他出人意料地细腻，擅长在一眼井的挖掘中展现绣花功夫。《梦中追逃》堪称经典，融心理、场景、命运于一体，在一个纯粹的意识结构中发出职业和人生的双重诘问。

——侯　马

生活在现实中，追寻的是心理上的真实，聆听听不见的钟声，仰望心中的明月，芒原的诗有轻睡眠中的梦幻感，所呈现的事物都在白天发生过，这是他对真实的无限想象。

——邹　进

芒原不仅在写作伦理上懂得写诗就是和自己和平相处，与心灵对话，在实践中也能做到听从内心召唤。读他的诗，看得出他经过生活相当程度的历练，具有难能可贵的温度、厚度和深度。文本虽然有比较明显的痕迹，但相当成熟，值得期待。

——刘立云

身在诗歌现实中重铸肉身（诗学随笔）

芒　原

　　让我谈论诗歌，顿时便有班门弄斧和贻笑方家之嫌，因为在自己的诗歌写作中，常常是写大于说，自己像一个困在原始丛林的猎人，文字的可靠性才是自己的存在之道，才是自己获得重生的最后武器，它捍卫自己的尊严，忠于自己的内心，不是去阿谀奉迎，或者自甘堕落，成为一种无关生命、现实、人性的空谈和赞美。雷平阳先生是诗探索第二届"华文青年诗人奖"获奖者之一，他的诗歌实践，给我们树起了很好的标杆。

　　偶有与平阳先生的交集，总是相谈甚欢。在酒中聊聊诗歌，在诗与酒的作用里飞一下，让孤独的灵魂短暂地靠拢在一起，在越来越贫瘠的精神荒原上相互取暖。平阳先生说过："我在自己虚构的王国中生活和写作，大量的现实事件于我而言近似于虚构，是文字的骨灰在天空里纷纷扬扬。采用真实的地名，乃是基于我对'真实'持有无限想象的嗜好。"一个诗歌写作者，首先必须根植于现实，然后才会有源源不断的诗歌"现实"，只有打通诗歌与现实的路径，才会有血肉丰满的诗歌，才会有诗歌技艺真实的存在，才会有语言与思想的碰撞，以及审美与心灵的契合，让诗歌成为诗人的代言，让诗人在诗歌现实中重铸肉身。我想，平阳先生的诗歌精神路径也应该大抵如此。

　　认识平阳先生是从读他的诗歌开始的，还在学生时代就零散地读过一些，当时觉得他的诗歌和同时代的诗歌主流保持着一定的距离，一开始并不是特别喜欢，这跟自己的阅读定式和年龄有很大关系，喜欢那种轻松活泼、节奏鲜明、朗朗上口的诗歌，也喜欢抒情浓烈、低吟浅唱、缠绵悱恻的诗歌。这是特定时空产生的特定诗歌倾向，那个特定时空中的我，只是一个阅读者，所谓诗歌，还懵懵懂懂，一知半解。记得在那个特定的时间里，一直坚持买每年的诗歌年鉴，就算是省吃俭用都要去买，绝不能落下一本，而年鉴中每位诗人的作品也就选2—3首，现在想起，真是自己对诗歌全貌的"窥豹"而已，是一个彻头彻尾徘徊在诗歌高墙之外的门外汉。

当走出校门的那一刻起，校园的单纯与理想也终结于此，现实给了我们当头一棒，这是后来生活给出的一沓最真实的收据，上面写的全是生活的经验与教训。去偏远的山区代课，身上仍然带着那些未曾读完的诗歌年鉴，还有几本小说和散文；去南方打工，也仍然带着几本诗歌年鉴和一些书籍。在夜深人静时，学会和自己相处，学会了与心灵对话，记录一些真实的生活感受，但无法用诗歌的语言呈现出来，特别是经验中的诗歌抒情，一旦被割裂、碎片化，将失去抒情的优势，变得苍白无力，甚至茫然无措。这时，在逛书店中，看到一本《雷平阳诗选》，随手翻开阅读，被他那种故事性和生活化的诗歌深深吸引，觉得自己在现实的种种遭遇与人情冷暖，不就是这个样子吗。突然让自己在长时间的抒情中若有所悟，认真地读他的这本诗集，而且反复地读。特别是他的"杀狗的过程"，是那么的冷峻、震撼、残忍，又那么的生活化、细节化、口语化，是诗歌的高度的提纯与融合，把人性呈现得如此鲜血淋淋。也是从那以后，我告别了读诗歌年鉴的习惯，而是对喜欢的诗人作品集深入、细致地读，像研究一门绝活一样地操持，勾勾画画，反复体味，也难免依葫芦画瓢般地练习。

阅读的审视和反思，让我绝处逢生，找到通往诗歌语言的一条缝隙，从缝隙的另一边，我听到一个来自旷野中粗粝的声音，它是如此的隐忍而又唤醒力，刚猛而又温暖，真实而又疏离，这就是平阳先生诗歌内质传达给我的。在后来对诗歌的进一步阅读和练习中，知道他诗歌中叙述手法的融入，既大胆又冒险，既宏深又细致，把诗歌的宽度又向前推进一步。这本是小说最擅长的表现手法，却被他娴熟地运用于诗歌，也可以说是对主流诗歌的一次突破。

写诗是一门慢的活计。为什么在学生时代没有读懂雷先生的诗歌，究其原因，问题不在于先生的诗歌作品，而在于自己浅显的阅历与单调的阅读趣味，甚至是自己一直以来的诗歌定式——抒情性，排斥了他诗歌中的叙述，让自己在诗歌的路上打转，徘徊不前，很长一段时间都在摸瞎。可以说，在我"摸瞎"的时间里，平阳先生早就开始不断尝试诗歌中叙述的手法。2013年孟秋的一个晚上，杨昭先生打电话给我，说雷平阳先生回昭通了，叫我也过去。接到这个电话，心中是无比忐忑的，之前从未见过平阳先生，一种对崇敬之人的畏难情绪突生出来。但见到平阳先生的那一刻，感受到的是平易近人和温暖，他让我在他旁边坐下，爽直地说："听说你也写诗，还是个警察。读过你的一些诗作。继续写下去。"然后接着说，"来，我们把这杯酒干了……" 3年后，平阳先生在我的第一本诗集的序言中，还提到我们第一次喝酒的情形，真是莫名地感动。这是我们每天经历着的、活生生的现实，也让我理解了先生诗歌中的"现实"。

诗人、评论家霍俊明先生在评论中说："雷平阳在文本中找到（创造）了'现实''地方'的'替身'。这最终是'黑熊的戏剧'和白日梦的寓言——有力而灵活，现实而又超拔。"霍先生的评述说得很精辟，也很透彻，但我个人觉得，在这句话里"替身"，同时也是"肉身"，像相互抱在一起的榕树融为一体了。2016年"中国诗歌一带一路"云南青年诗歌研讨会在昭通举行，有幸见到两位先生，同时也见到了很多诗歌大家和年轻的优秀诗人们，在研讨会上，各位评论家对当下诗歌、对云南诗歌都提出了自己的真知灼见，真是受益匪浅，也是一次诗歌观念的碰撞，对诗歌产生更多新的认识。

诗人与诗歌是合为一体的，诗歌文本就是诗人精神到物化呈现的结晶，诗人创造了诗歌文本，反过来诗歌的品质又影响着对难度的掘进，这是个相互成长的过程，诗歌呈现给了读者，诗人在现实与诗歌"现实"中重铸了肉身。平阳先生已经走在前面，我想我们也应该在诗歌的路上，找到属于自己的"肉身"。

他说："我的笔触一直针对现实，而美学与思想诉求则遵循'内部时间'中伟大的诗歌精神，这不是一个什么新空间，但屡屡会被误解与否决，而原因也无非是现实世界中混沌未分，人鬼神生活在一起，而更多的人倦于去辨别。"这是平阳先生在《诗歌在心脏处》一文中说的。这段话对于我来言，如醍醐灌顶，拨云见日，让我从辞藻的"象牙塔"中醒悟过来。

他的话分明给每一个写作者指出了诗歌的土壤是什么，诗歌的好坏是什么，诗歌的提纯是什么。

夜宿抚仙湖

整个人都成了湖水的一部分
躺在床上，水声撞击胸口
长亭、短亭，更像争先恐后落水的人
他们在湖里，搓洗枯枝的白骨
在月光下晾干——
孤山与明月，像两个隔空对峙的守望者
一个在吟诗，另一个在喝酒
他们都是落日的诗人
他们并不热衷这浮世的幻景
在无边的喧嚣里，打捞虚妄的冷寂
我翻身坐起
摸着自己的血肉之躯
仿佛少了一根
骨头

身体里的晚钟

夜深人静的时候，我盼着
身体里的晚钟会一次又一次地响起
会一次次唤醒我骨头中的江水
可是，它就懒得响——
或许，它在某个时刻，甚至清晨已经响过
也或许，是我根本听不到
因为晚钟，是留给最后那道窄门的
它更愿意对着青山响，对着一条江河响

对着一座慈悲的寺庙响
但，绝不会对着绝望的人心响
对着绝望的流水响，绝望的镣铐响
因为一个满心荒草的人
他不配
做这个晚钟的儿子

亮 了

在幽暗处总有断续的抽泣
忽高忽低，真假难辨。有时又飘离了身体
真想听它，撕心裂肺地大哭一场
打消这个似梦非梦的虚幻
最终，我还是出于自己的职业习惯
对着那片幽暗
大声喊："你站出来！……"
话音刚落，声控灯一下
亮了

流水上的朗诵（节选）

1
春风垒叠，柳岸空望
流水在给流水鼓掌，流水搬空了流水
流水走下了天空
流水，是一个叫阿炳的人

他的一生，都被献给了河底的鹅卵石
所以，流水是瞎子的兄弟，也是
他的情人
流水会流泪，吵架，自说自话
流水也会愤怒，只是心中
总有轮明月

3
流水一会儿送来白色的塑料袋
一会儿又送来枯叶
一会儿又是空空地流淌
像个超度僧，度着万物，也在自度
茶盘上摆着老曼峨、茶匙、茶刀、茶壶
公道杯、茶漏、茶洗……
端起茶，仿若有一颗拟古之心
看到这古老的祭祀，一切都不舍昼夜
那些在河里淹死的，穿过河流的
犹豫不决的
还有那些头顶星辰的
都瞬间沉默

6
水落石出。为之虚掷的
不是流水，亦不是石头本身
我知道，流水将是人心最后的眼泪
石头，将是最后藏身的
铁屋。那么多的演员，抱着石头
冲向河流，真担心他们会

不择手段，在月光照不到的晚上造反
把一条河拦腰炸断
把流水搬到天空，在流水里注册
盖起秘密的审计室
收走了水龙头最后的自由
让每一个夜深人静的晚上，只能听到
心中的水滴，被拧得越来越紧
这些反串的角色
抱头痛哭

7
洒渔河还在流淌，朗诵的人
突然间就老了。春风绿的是草木
此刻，杯中只有来自布朗山巅的老曼峨
纯粹的苦酽，让它代替烈酒
敬一敬这不息的流水呵，敬一敬
河滩上那些被遗弃的破沙发、旧鞋子
塑料袋、枯树枝、鹅卵石
以及，一把只剩下气孔的口琴
就让流水送一送它们，就让流水在身体上
再朗诵一次，像个善良的瞎阿炳
给罅隙中的鱼虾一条生路
给飞鸟——
留下一片流水的天空

清风帖

很多时候，上当受骗的不是眼睛
而是被眼睛涂上的
色彩。像夜空下的果园
清风急转，吹动影影绰绰的苹果花
一瞬间，很多白色在奋力摇摆
像一个在山脚下摇手的人
十万火急，急得直跺脚，而又无可奈何
是距离，这人间的瞎子，割断了
物与物，人与人，宛若风筝般的联系
同时，也暴露了
数以万计花朵内心的秘密

黄沙覆身（节选）

1
在哪儿，都有绝壁，都是阳关
我哪儿都不去，但也不妨碍心中修一座庙

关内插柳，关外种菊。在路旁
盖上长亭、短亭，黄沙下埋起烧心的老酒

一个人把守关隘，做自己的将士
在白纸上练兵，在每一个黑字里金戈铁马

累了，就给先生写一封信，等邮差

苦了，就抄寒山之诗，读摩诘的空山新雨

人间都在阳关内，而人心的秘密
却是古老的灯盏，春风一吹又绿遍了江南

2
在这里，懒得去摆渡活人，只用摆渡黄沙
因为每一粒沙，就是一个亡魂

懒得去整理沙丘，因为它们是死者的他乡
那些胡杨，芨芨草，正替人活着

即使活够了，也不用害怕，终可黄沙覆身

那就让日落归还于长河，落霞归还于孤鹜
士兵归还妻儿，战马归还草原

让滴血的兵器回到日常，懂得去真心相爱
让楼兰也回到它的故乡

让书生也不再一生丧乱，不在酒里搔白头
自己渡自己，不用说横话

5
黄沙就是西北的一匹马，一尊洞府
从四面吹来，堆在心里

那么多黄沙需要超度
那么多菩萨终被带走

就用黄沙筑城，在黄沙里征地拆迁
在黄沙里开公司，办企业

在黄沙里，教育，医疗，办养老院
在黄沙里，喝酒，读诗

在黄沙里，种菜，狩猎，跳广场舞
抄坛经，临摹《兰亭序》

在黄沙里做个自己，做自己的心肝
自己的眼、耳、鼻和苦

7
月亮才爬上沙丘，黄沙突然就老了
一曲阳关，又莫唱阳关

唉，人如白驹，唱也罢，不唱也罢
浮世，是无数花开和轰鸣

酒埋黄沙，拧成一条暗流，醉人心
不自暴，不营私，不结党

大醉时，就躺在响沙上：以月读心
天之苍苍，野之茫茫

风起时，就藏身黄沙，一生的奢侈
以沙洗面，以沙解渴

树冠上的咒语

巫师在他的肉身上
燃起火焰
多年来，他知觉丧失，肉身只是
他存在这世上唯一的皮囊
我并未有求于他的愿望，他却突然凑近
伸出两根老树皮一样的指头。我说：
是不是你的两个儿子？他摇头
两杯酒？他摇头；两根烟？他还是摇头
最后，他慢慢收回两根手指，石缝般的嘴唇里
挤出一行字："我的两个灵魂被盗了。"
我突然意识到，他曾是一个爱酒如命的人
喝醉了，逢人便说
他在摇晃的树冠上
给自己施咒：一个灵魂守住他的肉身
另一个去迎娶月光新娘
后来，他还是逢人便说
但通常，人们已不会当面拆穿他
让他继续说谎

末日演员

又一次被推向聚光灯下
接受众目睽睽的审判，接受炫目
接受流水的拷问。一个人
击自己的鼓，咏唱自己的歌

必须走到大众中间去，交代虚妄的陈述

丧乱：视枯萎的草木为他手

视人间处处为乐土。深渊的梦里

落满了时间的尘埃，又暗藏着绝对的

形态哲学，逼迫它们以退为进，以守为攻

甚至把襁褓中的小生命，交付暮光

在空气中，种下一颗有着向日葵特质的乳牙

咀嚼自由，平衡美的钢丝

把高塔和高墙，拴在一根绳子上

设置为两只等待救赎的蚂蚱

让它们互生怨愤，又抵消着此长彼消的

善恶、爱恨、生死……

把每一个白天都隐喻为黑夜

把每一天的受难隐喻为恩惠

把现世活成末日

梦里追凶

已没有对或错，是与非

更不知道，脚下是泥沼，还是磷火

假如有一天，你是一枚

人间的棋子，也不要再追问

我是谁？那个潜逃多年的人

悬于公堂。而梦里追凶的人，踌躇于路口

往北，遇到父亲在果园深处，捡落叶

折回，再一次往北

看见一个拼命洗着枯树根的老妪

雪白的头发，像滇东北高原的一只白鹤
再折回，又一次往东——
密密麻麻的马尾松丛林，阴翳，衰朽而多疑
尽头处，是一块爬满苔藓的光石头
他顿感身心俱疲，无从追缉
一次次地反转，他觉得那个苦苦追缉的人
有时，就斜靠在自己心室的囚椅上
歪着脑袋，一脸的满足感
多么不可思议
最后一次，穿过山谷时，空旷的
原野之上，只有一棵
时间的树

流水的通缉犯

再追，就是雪峰，再跨出一步
便是悬崖、深谷
寺庙中响起的，是虚空的钟声
菩萨，早已尘埃满身
被占用的身体，就是一个巨大
窃听器，监听体内的
行动：肝脏的交谈，肠与胃的
权钱交易，和美色
以及对心的布控，眼睛的封锁
思想的红色预警
突然，掉进一口废弃的陷阱里
一瞬间，白炽灯

像另一张白脸，同时在黑暗里
也藏着一张黑脸
要垮塌的，不止是梦里的冰峰
栅栏，玫瑰，高塔
还有被依次收回的琥珀和弹弓
和一个追逃的人
一生，都将成为流水的通缉犯

与铁轨并行的头颅

一个手捧鲜花的人在等她
一个想吃糖果的小弟弟在等她
一个老迈，在灯下枯坐的母亲在等她
等，总是有种不祥的预感
像眼里哭出了钟声，流水露出了鹅卵石
像从木头的纹理里看到骨骼
像梦里她听到身体被肢解的声音，疯狂的刀子
正戳穿皮肤，抵达椎骨
像头颅扔在了铁轨的荒草丛中
她每时每刻都听到撞击的生铁，在叮叮当当
无数的轰鸣，像命运的锤子
把头颅一次又一次地敲碎。有一瞬
天空出现了倾斜，身体的其他部分纷纷逃逸
脚，被埋在了一片松林里
手，被扔在了河里，被柳树卡住
身子变成了浮尘
填充了无尽的蓝色，混合在阳光下

她又一次在梦里
听到荒原般的恸哭之声
来自一个
丧心病狂的奸杀

虎口中的杀人犯

沉默埋葬了山冈，流水冷却了人心
一束光，照不见胸中的刀斧
开口说话的人，像一只猎物突然掉进了
老虎的陷阱。白森森的牙
咬碎了每一句话，亦如梦呓
咬碎梦游者可以攀附的绝壁和渡口
以及铁石一样的心肠
在重力挤压下，他说："换作是你们
又该怎样做呢？"是啊，这突如其来的诘问
反倒像是另一种讯问。能做什么
做了什么？一个在阳间打铁，在阴间
喝酒，在人群中拉磨，在灵泉渡赴死的人
错就错在：雪山的消亡，寺庙的
沦陷。"人，可以出卖力气
可以给生活当牛做马，但不可以出卖肉身。"
这一刻，每一个人都难脱干系
都是嫌疑人，都是自己的一纸判决
都是自己的绑架者，杀人犯
他杀，或是自杀

大海上的供词

逃，已无处可逃
今生就该亡命大海上，做个落日
来世做一条鱼，用海水洗脸，用盐
腌制心肠。活着，就是一场集体的缴械
再大的贫穷，也没有大海的大
再大的诱惑，也没有大海的大
再大的冤屈，也没有大海的大
大而无用，就是自我否定。梦里，一个人
砸碎了高利贷的头颅，在咀嚼着天空
像魑魅魍魉，身体的窄门里住着
两个绝望的老人，白发拴着白发，苟活于世
白发人埋白发人。里面还住着
妻子、儿女，以及另一个人的毁尸灭迹
每到这时，他就波涛翻滚
每一只鸥鸟，都变成溃散的亲人
每一颗心脏，都是一页被洗礼过的供词
安放在
每一条南来北往的客轮上

北方的来信

有人说在东莞的街口看见过
有人说在三亚火热的沙滩上看见过
有人说酒后看见过
有人说在地下室偷偷看见过

有人说在流水淙淙的山涧里突然看见过

有人说在城中村看见过

有人说在野合的玉米地看见过

有人说给一个小孩子喂奶时看见过

有人说在殡仪馆的化妆间里曾经看见过

有人说在母亲身上看见过

有人说镜中看见过

唯独，那封来自北方遥远漠河的协查函

照片模糊，一个花季少女的乳房

被人偷偷运送去了天国

却没有人

看见过

狮子美学

在月光照不到的山谷

一个老鳏夫

就住在那里。我遇上他时

他正被枯藤死死缠住

它们互为孤岛，各怀鬼胎。见我他便说：

"另一个天空里，他正在擦洗

枯枝般的身子。"他求肉与骨的分离

接着补充一句："我也是会飞的。"顿时远处

传来一声炸雷，正是这声音

他露出恶棍般的凶光，稍息又陷入

平静。"那个偷食苹果的女人，罪有应得。"

但，已没有了切齿之恨

"很多时候月光也照不亮我的心，我就视它为己出。"

他还谈及，将石头压在身上，用木棍敲击骨头

恍若礁石被恶浪击打，海水碎成水花

依然活着，活得

像倾斜的天空下，一酒桌的空谈

他在我面前展示锈铁般的十指，又刚好接住

一片虚无而萎缩的羽毛

他交代："狮子的美学，统统关在

天空的笼子。" 他在克隆

一个伟大的复制品

想让他的杰作，在天空里

一生追杀

时空图书馆

有人在心中种树、养花

有人在心中打坐，阻止狂沙

也有人在时空图书馆

给每一个文字进行锻打，并一一淬火

让它有金属的质地，烈火的气息

然后，从天空赎回扣押的雪

从流水，打探一位衰老者不慎走丢的黑发

在图书馆里，一个人高谈阔论

另一个在偷偷撕毁书页

两个投机取巧的恶棍，他们想在

推石上山时，把撕毁的书页当作咒符

控制石头的轨迹，来探测人心

可没有人揭露他们的恶行
他们离开时
管理员，悄悄在他们的名字下
标注了一个
火柴头大小的圆圈

提　灯

误入山中小镇，惊愕于
眼前一幕：夜空中站满了提灯的人
个个活灵活现，如同真人一般
有飞天的仙女、采莲的姑娘、摇橹的渔夫
缥缈的嫦娥，有打虎的英雄，有骑牛
出函谷的老子，有酒仙之名的太白，也有落魄的
杜工部，还有王维、苏轼……
我想，这一定是个热爱诗人入骨的人
否则，怎么会让这么多诗人提灯
也或者，就是一个对诗人有切齿之恨的人
但无论如何，他都不像一个野心勃勃的恶棍
反倒更像一个恶作剧的行为主义者
把一场魔幻现实主义的哑剧，植入现实
让每个误入者来不及躲闪
都身陷其中——
练习隐忍术，看着自己内心的风暴
会不会被那些灯光
迷惑

下 雨

一个在抽烟
而另一个斜靠在沙发上
灯光陷入了天花板的白色调子里
他们都没有交谈的欲望
只是枯坐在时间的门外，耗尽寡淡的职守
时针并没停止，他们听到了
很多屋檐下，翅膀，在人的向心力里
被折断，而且越来越密集，越来越
紧凑，像鼓点般铺天盖地
他们本该搜查一场风卷残云的心脏力学
本该扣押一颗头颅狂热的辩论
但，他们已分不清时间的巨大涡流
其中一部分
或许来自于他们自己
也或许来自于
对忍耐失去了兴趣
"下雨了。"
另一个说："嗯。"
下雨了——

樱桃树下

已是孟春，可樱桃树下
更多是枯死的草和新翻的泥土
花已开，却没有怒放的尖叫，也没有

疼到骨子里的滚烫，也没有

一朵从心中盛开的樱桃花。庚子年的春困

把风霜的闪电刻进花瓣

把人间的雷鸣深埋于天空中

把遗忘，或悲歌，都被瞬间拿出来

遥望，那从孤岛回来的僧人，他红色的僧袍

像凌空撕碎的火焰，挂在树枝

刺目而虚无。落花——

已带走很多人嘶哑的喉咙

当我弯腰捡起自己地上的身躯

重新放回水中

突然意识到：樱桃树

是另一只

摇摇欲坠的手

撞　响

是不是日有所思，才导致

夜有所梦，是不是自己欺骗自己

太久了，才导致梦中是非颠倒。或者说

这根本就不是梦，但我宁愿相信：就是一个梦

"生活如此陡峭，那么多囚徒

紧紧抱在梦中。"

古人在现实中饮酒，我却在梦里大醉

喝五柳先生的菊花酒，杜甫的草堂酒

苏轼的大江酒，李商隐的蓝田酒，易安的

梧桐酒，还有庭钧、纳兰……

这些孤独的灵魂，酒是他们血性中的
第二重火焰，心中搓洗的黄沙
我曾答应去看多依河
可事实上，我只是枕着一条河水
坐在油菜花盛开之地，痛饮
那金黄的浪涛
代我撞响天空的蜂巢

某个喝茶的下午

壶中，煮得噗噗的泉水
它已不是水，是滚烫的人心
盖碗里的蜷缩的茶条，它已不是茶
是诡谲的沙子
茶汤中住着个隐者，沉默寡言
每冲一次沸腾的水，那凋敝的绿色
都伸展一点，仿佛天空中被风吹起的纸鸢
或许，还藏有一些尖叫和呜咽
但，这些都被续上的茶水
冲淡。此时，两个人的沉默大过江水
友说，过几日就是清明
突然都想到报纸上被认错的尸体
已被盖棺定论，并被莫名地哭泣和埋葬
而那个重新回来的人
无由地失去了
身份

沸腾的黎明

其实，沸腾一直存在
只是这些年，它变得越来越突出
首先，从减少的睡眠与反转的闹钟开始
响声恰如其分地把人和梦分开了
这一过程，将会在身体上
不断延续。像光与影，虚与实
像从时间的汪洋里上了岸
每个黎明都那么的热气腾腾，又带着敌意
每个黎明都在修补，又自己告诫自己
快点，该上班了——
这时，在洗漱间的镜子里看到无数个自己
在这严寒的冬日里，我们像一只装反的烧水壶
滑稽又隐忍，冷峻又无奈
但最终，都沿着噗噗的水汽，一瞬间
带入瓦特的蒸汽时代
让每一天刚刚开始的黎明
颤动与轰鸣

白纸黑字

我愿，把每一张白纸都当作昨天
像婴儿吮吸过的乳房
我愿，把每一个黑字都当作未来
像永远难以抵达的彼岸
在文字失传已久的古老寨子里，我们又陷入

手势中。而手里握着的白纸，正散发出
草木灰蜕变的气息，如此的洁白
白得像巫师的咒语，能自由出入天国
拥有了那么多的慈悲，为那些死去的人盖住脸
而在适得其反的蝴蝶效应中，它失去
存在的意义，仅是一张纸
远远没有一纸判决，标语，广告
笔录，日记，字画
更能掷地有声。但我却希望
我们返回的黑字能给
白纸立传

破庙中的审讯

在金沙江的上游
我是最后一个到来的人。破败的
寺庙，长满野草，残瓦上落满雪粒，又从
屋顶飘落下来。那些白色的雪
在蛛网弹了弹，就落在佛像上，像个
钢丝上急速冲刺的运动员，把最后一丝冰冷
拱手让了出来——
而融化的雪水，正从佛像日益堆积的灰尘上
流下来，像一行慈悲的泪，冲击出一道尘埃的沙滩
一身破洞的窗子，吹得呜呜作响，一扇门
倒在地上。庙里陆续有人进来
一个驼背的老者，一个眼睛如铜钱
脸如圆盘的大汉，最后是一个抱着孩子的女人

旁若无人，从她进来就一直亲吻孩子
正是这突如其来变故，终止了审讯
每个人都假装相安无事
唯独他，突然下跪在满是灰尘的佛前
惊愕的人们，都看着他
落雪
轻轻压住了灰尘

江水磨孤刀

江心孤岛，渡船上
船工在船尾，船腰是三个学生
船头是个斗笠客。我的落座
还是引起他的警觉，向船舷挪了挪
江风浩荡，追逃已有数年
船工日日，习得三教九流，讲起了故事：
"一个想藏身水里的人，鱼就是他活着的证据。"
讲这些，我不以为然：一个渔夫的结局
莫过如此。而渡船太过缓慢
学生无聊，想用手机拍江水，船工无礼地呵斥道：
"水里的秘密，不能带走，就让它在水里。"
这话有趣得多，或许另有隐情
他说，他在很多个电闪雷鸣的夜里，船到江心
便看见孤岛上那个寡言的渔夫，对着天空
发出野兽般的嚎叫，撕心裂肺——
像是一个孤魂，等待泗渡
像一个幽灵，搅起江上大雨如注，一阵比一阵猛烈

巨大的江水像在磨着一把孤刀，感到恐惧
浑身毛骨悚然
话至此，我身边的斗笠客
不自觉地压低了
他的斗笠

把稻草抱到天空去

在巴达山，热风扑面，古木参天
鸟鸣像个诵经的小沙弥
当我还在寻找山路
友人发来微信："研讨会上，雷平阳先生
说，云南青年诗人，要有把稻草抱到
天空去的野心……"
听了这话，我心头一热，坐在
一截枯木上。抬头看天空中流云飞窜
山风沁入人心，楠竹抱成一团
眼前的这一切，让我茅塞顿开：哪里都是
出去的路，哪里都是归乡的路
又或者，索性坐在这里，哪儿也不去
就陪这些人工种植的小茶树
长上一千年，等那些
远道而来的人，在一片叶子里
聆听沸水下，一个诗人
藏身于此的心声

在警史馆

陈列着那么多刑具
脚镣，手铐，警绳……
移步往前，我明明听到："刑不上大夫。"
可为什么
我的身体里又叮当作响
甚至，在靠近肋骨的地方，突生尖刺
离开警史馆，都舒了一口气
心又重新回到了身体
其实，在观摩中，很多人和我一样
都听到一把冰雕的锥子，在时间的对抗中博弈
在肉身、文字、人伦、教化、荒诞
甚至是，宗教、政治、哲学
或经书里
被一次次地逼退疼痛
但谁也不愿轻易
喊出来

黑色幽默

百米开外的弹坑
密密麻麻的轮胎，堆砌成一座
橡胶的监狱，或者说一片黑色的泥沼
在时间的废墟上，每一个练习者都在瞄准
都在对准虚拟的敌人射击，都想
弹无虚发。事实上，谁都不是天生的神射手

谁都有可能成为一名神射手的潜质
这并非罪过，是生而为人的卑贱
当很多的误解叠加一起，就是一场战争
灾难中，很多无辜的生命
失去家园和亲人，饱尝那担惊受怕的枪林弹雨
煎熬、困顿的炮火烽烟……
射击结束，我还停留在刺耳的枪声里
想着那些迅速飞向轮胎的弹头
有的整个落在地上，有的却是半遮半掩
更多的，肉眼已经看不见了
有时，正是这样一个橡胶的缓冲
安抚了
多少子弹的亡魂

诗人简介：

周簌，本名周娟娟，1984 年生于江西崇仁。系中国作家协会会员。有诗作散见《诗刊》《诗探索》《星星》《作家》等刊，入选多种诗歌选本。获第 8 届诗探索·中国红高粱诗歌奖、诗探索·中国诗歌发现奖等。出版个人诗集《攀爬的光》。现居江西赣州。

授奖词

周簌是一位有着典雅抒情色彩的青年诗人。她的诗情感丰沛、真切，体现了女性诗歌特有的敏感与爱憎。她的诗语言简洁、沉着，在对自然的书写中呈现出温暖的诗意。鉴于她所取得的诗歌成绩，特授予 2020 年第 18 届"华文青年诗人奖"。

评委评语

乱石在清风中翻身，掩住了昨夜的雨声。她写着坚韧的诗句，她寻觅静谧中的诗意，以她特有的方式。远山空蒙，一只白鹭在朝我挥翅。那丛淡蓝色的野花在露台叮当作响。一种静谧的美。

——谢　冕

诗人善于从日常生活中抽取游丝一样的诗歌内核，以坚实的意象将其呈现出来，体现了厚重的叙事与委婉细腻的抒情的结合。

——吴思敬

周簌多以自然意象入诗，形象真切，语调明快，一首首短诗中体现着女性细微、敏感的爱憎与悲悯，她在自然天地之间书写着自己的生命体验与内在真情。

——林　莽

感情充盈，表达肯定，叙述有力，诗人的形象在作品中生动、鲜活。

——商　震

周簌《沉默》《亲爱的乌鸦》《野的草》《只有这条小河醒着》等都令人印象深刻。"比婴孩趾骨略小的／是海棠花的骨朵"，写出这样揪心诗句的诗人，有无比敏感的心和对文学本质的洞察。周簌挽留着传统社会残留在乡间记忆中的最后的美，是一种纯正的中国审美，在今天看来尤精致、坚硬、伤感、易碎，贫穷在她笔下有一种慈悯和尊严。她是写黄昏、枯草、麻雀的高手。

——侯　马

作者像画家一样，她的诗像用语言描绘的作品。画中的每一个静物，或每一个动物，都被赋予了灵魂，都在与人沟通，有时诗人把自己摆在画中，给自己画像。语言精致而意外，陌生感使人惊喜，语言的迷宫也不会让人转向。大胆但又小心地使用词汇，似乎冒犯其实充满恭敬。感受她所说的孤独，像是一个道场，她的孤独感是一种纯粹，是智慧女性的沉思，读她的诗感觉万物静好。

——邹　进

周簌的诗安静，绵密，深沉，如同采自山野的中药，用生命慢慢地熬，内部有较大的空间和张力。在结构上，像她南方故乡的竹笋，集中一股力量冲出地面，剥开一层层笋壳，最终呈现出粉嫩又洁白的核心。

——刘立云

因为活不成一首诗，所以写一堆灰烬（诗学随笔）

周　簌

　　写下这个题目的时候，我脑海里满是那些充满着诗歌的昼夜，那些向黑夜倾斜的诗歌世界。我在一盏昏暗的台灯下，进入形形色色语言的迷宫，有时候遇见拍案叫绝让自己心动的语言，感觉百爪挠心的惊悸。因为读诗和写诗都是在夜晚进行，所以我每天盼着夜晚早点到来。只有在夜晚，才能更接近灵魂的呢喃与倾诉。近两年，只要停下手中的笔，我就很容易患上焦虑症；当落笔成行，纸上写着，就能很大程度缓解这种焦虑。我自诩是一个有严重焦虑症的诗歌写作者。是的，我是一个诗歌写作者。至今，我还不敢自称为诗人。"诗人"这个名号，在我心底是神圣不容亵渎的。时间的脚步从不曾停下，我们身处其中，仿佛沙粒一样渺小。我们是渺渺众生的一粒沙尘，在这个世界我们客观存在着。所以，就不必太较真，你写着，你爱着，就对了。

　　我是一个在写作上没有太大野心的人，我一直认为诗歌可以与自己交流。作品是否被广为人知并不妨碍你成为一个好诗人。但一位很有野心的作家朋友告诉我，作品应该影响更多的人，以点滴力量改变社会，所以需要通过媒介传播。如果写了之后，压在箱底，再好的作品也不过是一堆陈腐的纸张。对此，我不置可否。但我相信好作品，不会被时代埋没。真正有不朽价值的文字，它能历尽时间的淘洗，从尘埃里蹦出来，像一粒钻石一样熠熠生辉。当我读到一些伟大诗人的作品时，迅速跌入了冰窖：写诗，还有什么意义呢？尼古拉斯·迦科波恩在《失败笔记本》中写道："历史上那些伟大作家所做的唯一的事情就是把我们都毁掉。可我们无法躲开他们，同时，除了被他们毁掉之外，我们也别无选择。"

博尔赫斯在一首《你不是别人》中这样告诫我们："你手写的文字／口出的言辞／都像尘埃一般一文不值／命运之神没有怜悯之心／上帝的长夜没有尽期／你的肉体只是时光，不停流逝的时光／你不过是每一个孤独的瞬息。"第一次读"你的肉体只是时光／不停流逝的时光，你不过是每一个孤独的瞬息"，我感到浑身战栗，好似穿越时空的一道寒光打在我每一粒凸起的毛孔上，我感到虚脱，无力，以及莫名的欣喜。百年之后，我们依然轻易领受了这些美丽的、迷人的，散发着智性深度的隐喻性语言。还有写下去的必要吗？如果不能设法写得更好，那为什么还要写？我简直开始自我抛弃了。因为它们没有任何意义，终将湮没在历史的洪流当中。因为诗歌的无用，因为自己能力、学识、眼界以及体知的局限性，即便穷尽一生时光也未必能抵达诗歌的高地。我就是一个平常得不能再平常的"孤独体"，在幽深阔远的背景中，向大自然取经，在晨雾中听鸟雀振翅的声音；在夕阳亲吻远处的田野上，看绛红色的流云在天边舒卷飘荡；深秋的白茅铺排在大地的纵深处，一个女人孤独的身影静坐河边；在时疫灾难面前，天地不仁以万物为刍狗，我们与一棵植物并无多大不同……这样看来，人人都有相似的孤独，这种孤独并不是寂寞，而是心灵获得宁静时寻求的通道。

写诗是为了抵抗什么？我们无时无刻不在"生活中"，或许是为了抵抗"生活"中日复一日的平庸与乏味，找到一种适合自己的表达方式，以把细小的欢乐和感动，以及对生活的自我妥协，收集起来记录在纸面。尽自己所能，写下你所看见的，所感觉到的。我不知道我想从中得到什么，它也许是一个虚妄的错觉，但我愿意为此错觉，耗尽自己平庸的才华。写诗，只是出于一种强烈的心理需要，你既然需要并渴求它，就不应该借此获取更多的名声，一个好诗人的名声，是尾随作品应声而来的。这样想来，自己还有很远的路要走，不免又自我安慰起来：不要急于求成，诗会写你，时间会写你。我们总是从伟大的诗人那里啜取他们思想的精华，艾略特说"但凡诚实的诗人，他都不能确定他写的东西有永恒的价值。他有可能白白地耗尽一生却没有什么收获"。所以，除了灵感的风驰电掣天然偶成，我们要有足够的耐心，去等待一首好诗。

迄今为止，写诗已有 10 年时间了。2019 年 7 月有幸出版了第一部个人诗集。当我摩挲着诗集的书皮封面时，眼泪几乎就要夺眶而出。这种感觉极像我第一次当母亲，摸着刚出生的孩子，喜极而泣。我家先生，从不读我写的诗，经常在朋友面前打趣我与他是两个世界的人。他那天的表现出乎意料，特别愉悦与兴奋。他坐在我的对面，一个劲地剥着书面上塑封纸，递给我签名。这些数量不多的诗友订购，让我由衷地感到心安，以诗相见的那种惺惺相惜的感觉油然而生。他甚至在同学面前显得很骄傲，宣称帮我卖诗集，但最后诗集都是免费赠送给了他的大学和高中同学，并郑重要求我一定要签名。他的转变，让我有点小小的吃惊。早些年我写诗，他很反感。当我沉迷在诗歌当中时，他总会把一本病案或医学方面的书籍扔在我面前，并劝诫我，精专业务才是生活首要。为这些虚无缥缈的东西浪费时间，不值得。我自我辩护道：何谓值得？没有一本书告诉我们，人的一生，什么值得，什么不值得。当你在文字中安顿了自己，获得心灵上的宁静与救赎，这就是值得。几年下来，他深知无法扭转我这一沉迷的爱好，只好作罢并坦然接受。从某个层面上来说，我要感谢他，感谢他让我在一种相对宁静的生活状态下可以继续自己的爱好。摒弃生活中的鸡毛蒜皮的琐碎小事，追寻个人精神场域的自由。然而一个诗人总是处于相对安逸的生活状态，会磨损创作激情以及作品的生命力，这又让我陷入了循环往复的焦虑中。对于诗歌，我依然是知之甚少，我几近朝圣者的虔诚，从未削减。

　　生命转瞬即逝，人生就像是赴一场虚无的邀约。相对于昙花一现的生命，文字是永恒的。文字被记录下来，或许能替代你在这个尘世留下一抹浅浅的印记。我很享受一首诗选择的措辞以及节奏确定的过程。一段话、一个词语反复调整删改，直至它们妥帖地被安排在属于它们自己的位置上。我们中的很多人是因为活不成一首诗，所以写一堆灰烬。鉴于此，我只为此刻的灰烬而写。一首诗歌写出来后就不属于诗人自己了，它属于那些需要并且理解它的人。那么，就写一堆灰烬吧。起码它燃烧的过程中所释放的热度，曾经温暖过一颗孤寂而颓废的心灵。但愿，它只为自己的心灵负责，偶尔取悦读懂它的少数人。除此之外，它的回应是微茫而虚弱的，不打扰到任何无涉的人。英国诗人丁尼生的一首诗中这样写："我视这为真理／不管将来发生什么事情／我体会它／在我悲愁的刹那／宁愿爱过而丧失／总好过从未爱过。"对于一位诗歌狂热者来说，何尝不是如此？宁愿爱过而丧失，总好过从未爱过。

一个人孤独的晚祷

那些青涩果实
在列队迎送每一个清晨和黄昏的我
现在我站立在
一棵与我同龄的枳实树下
大地没有亮出更多的鸟鸣去填充她们
我始终被一个意义纠缠：
"感谢土地夺去甜蜜的汁液
留给我们残留的，对爱的咀嚼力"

无限的内核空洞，致密的隔瓤之间
我爱她们寂寞的词
许多枚果实荡着。在暮光的剪影里
她们悬而有力的孤独，朝我们掷来

亲爱的乌鸦

田埂上，老掉的芦苇披头散发
黑色的乌鸦，三只或者更多
从芦苇到芦苇，琴键一样跳跃
此刻，我那么想赞美它们
乌鸦，乌鸦——
亲爱的乌鸦
你是冬日意志中的一个隐喻
提着时间破碎的斑点，清晰地跳跃
然后降落在自己的影子上

在沉睡的，干枯的芦苇丛
冰冷的溪流内部，乡野萧瑟中
我内心散发的孤独
在青灰的天空下，鸦鸣一样扩散

春　寺

在这个春天，我一再写到燕子
灰雀，喜鹊，她们银质的嗓音里
包裹着一粒欣喜若狂的种子
在它们眼里
春天的发明，就是它们的发明
春天的富有，就是它们的富有

两个女人，在通往寺院蜿蜒的山路上
像拖着烟雾的两个香头，变灰，变淡
春天除了迅猛的生，还有速朽的死
大殿外，几枝桃花开成菩萨的眉眼
刀斧的利刃，迟迟没有砍向她

访稠溪怀古

稠溪是在一瞬间苍老的
它猛一跺脚，一条白绫飘落于眼前
寒气从每一片的残垣断壁中袭来
这寂静，自石板青苔的形迹中剥出

一扇漆绘窗把自己卸下
疲困地靠在门槛上
梦着朝士骑高头大马衣锦还乡
这里的草木，破楼，涧溪
都有沉郁而古老的寂静
探入它七百余年的枯肠

在它枯槁的骸骨上，走上走下
我不知身是归人，还是过客

只有这条小河醒着

坐在收割后的田垄上，就像一摊
垂垂老矣的肉身遁入土地
等着静谧的地平线上，发出一声
光的太息，河畔上一棵槐树
有自己粗犷的语言

干枯的枝桠，像晴空里的黑色闪电
健硕的麻雀，立在四条平行的电缆线上
它们在岁末的光中集体打盹

只有这条小河醒着
从枯草地上清澈流过

一个盲人，看见南山的梅花开了

她很享受，此刻冬日暖阳下的寂寞
阳光照在她的脊背，微尘在光中运动
她的旁边坐着一堆安静的土豆
错落的每一片屋顶之上，都有一片蔚蓝
周遭的一切，渐渐有些生疏

木头敲击铜钟的声音，突然撞进来
为了听得更真切，她低埋着头
侧着右耳。那的确是一个亡人的道场
生者谈论死亡，有如盲人谈论色彩
是什么消亡于我们的内心
使我们意志虚弱，每颗灵魂都有了归宿
而一个盲人，看见南山的梅花开了

大寒帖

我曾渴望一场大雪改写人间
群山白头如新，松树挺着坚硬的钢针
瓦楞上有鸟的爪印，水塘厚厚的冰面上
几个孩童把住步子，哈着气
从一头滑向另一头

不，都不是
我住在南山脚下
早晨听见雀声在我窗子前弹跳

我抓住了那些探头探脑的盛开
这里是山苍树和野梨花的春天

大 雪

总有一场大雪，铺天盖地
漫过我的足踝。和我寂静的村庄
鸡犬不闻，篱墙和柴门
替时间深深沉默，在雪夜的芒光里
婴孩的脸贴着母亲温热的乳房
那年冬天我在十岁的屋檐下
用一把禾棍敲打冰凌
含在嘴里，素手纷纷轻叩窗棂
落进老祖母盛雪的陶坛
为了看雪，我跑出寥廓的村外
茫茫大地上，一个外乡人手提着
熄灭的煤油灯盏
路过披着雪袍抄经的松树林

夜色枯寒

上元夜，夜色迷蒙，柳梢头；
没有一枚上古的月亮。
桃花的惊悸，还在酝酿风暴；
比婴孩趾骨略小的，
是海棠花的骨朵。

一树玉兰在虚构的夜色中
握住枯寒之树干，你要摇落——
楚楚动人的美。
更多完整的花朵，旁逸斜出的枝茎。
裸呈，并闪耀惊叹的白光；
你没忍住。折了一枝玉兰，
欲豢她在净杯中——

就像没忍住你们之间的某次性爱；
趁着夜色，藏于袖口

黄　昏

那满江碎银不换取什么
就让它漾在江面，散发着虚拟的铜臭
我的一点儿悲伤
挥霍在飞蓬草白色的丝絮里
常青藤缠绕着腐木，迎面来的女人
混合着香水和汗液的气味
那样傲慢地经过我

夏天让喑蝉和草木都有蓬勃的情欲
在海棠树下，怀孕、结实、青涩
几只鸟的暗影，低低擦过移动的天空

理　解

在北上的列车上
在陌生人的不同方言里，在熙来攘往中
我孤零，再没有一个人如此理解我

在空无一人的平原
在伏夏焦灼的气流中，在异样的蓝中
我飘荡，再没有一个人如此理解我

两个孤独的小词，在途中相遇
甚至悲情难却
大丛野花，忽经过列车后随地枯萎
我们在空无一人的平原上心念驰骋
再没有一个人如此理解我

悲欣录

我爱的是那个黄昏里的路人
他从琥珀色的地平线经过我的黑夜
他是我长夜倾落寂静的一部分
夜晚如此黑暗，而他思想的灯盏亮着

我日夜垂读，仍不足够
他取走他在世间的积蓄
和所有未实现的野心

不曾有人奉以忠告：感觉是一瞬间的
我们重蹈的不过是现实的幻境

夜宿九成山舍

在生活的对立面，时间教给我们忍耐
现在，我们在悬崖间的一架玻璃桥上
凭栏。面对一轮落日
有相同的悲伤，脚底是同一个渊口
如果坠落，山头的落日也会跟着
一头栽进渊底浓重的醋坛里
生活的教诲，如同落日的教诲
群山暗影如流，反扑夜空
山涧瀑布在黑暗中
借用了飞鸟的身体，倾巢而出
只听见它们在耳边飞
鼓点密集，击打夜色的绸缎
我们徒有外形，被四月夜晚的暖风吹散
行至盘山小径
皮囊下聚拢的骨骼有秘密的承受
在山顶，星星有碗口那么大
落在你头上，形同铁屑
我们伸手就能在夜色中
握住几滴溅起的鹧鸪声

麻雀之诗

两只灰扑扑的麻雀在雨中低飞
在透亮的雨丝中
两把剪刀一样,剪——
那些愁结和乱如麻。我听见一位女子
坐在江边撕丝帛的声音
听见一滴雨水
狠狠砸进一枝桃花心里

我的丝帛和香气,都为你用尽了
我们用半生之久,学会爱
又半生之久,用来道别
两只麻雀,瘦弱。狼狈不堪
在半空比翼飞了片刻
转而背向疾飞,一只投入小树林

一只,在一丈白绫的水面
久久徘徊

未必与你重逢

成片青黄的稻田整饬地码在窗外
有如硕大的瓷碗里码着一块方饼
远山空蒙,一只白鹭在慢镜头里
朝我们挥翅,安宁又自足

陌生人多半沉默
雨滴用自己的语言尖叫
坚硬、决绝，乱箭一样
把自己摔打在车窗上

列车经过无名小站的时候
一杯普洱茶喝了过半
我从一本书里缓慢抬起头
顿觉山去水远，我取悦的只是我自己
在空茫的旅途中，我未必与你重逢

在浅山茶馆

一壶乌龙茶喝到微醺
珠帘背后不见邻家小碧玉
临江的挑窗下，一声船楫荡了出去
乌篷船已摇过三两只

日色很慢，千年不过一瞬
在此倾倒我们苍凉又短暂的一生
站立在斑驳的木门下
我怯怯地扣响门环
你摇着蒲扇从小镇上醉酒归来

云中记

白云在马达的轰鸣中奔走
膨松如母亲晒在簸箕里的棉花
我瞥视田地交错纵横
流水的飘带牵住谷物的青黄
一个人墨点的身影
使田野的纸张歪斜

而那些墨绿的丘陵和方块积木的建筑
是阳光在炽热的炉火旁
递上来的黏糕，被我们各自瓜分
在边缘翻卷的蓝色穹顶下
在翔徉的白鸟腹中
有过短瞬幸福的眩晕
坐落无底的深渊之上
我们不曾属于大地

风拂过一切隐忍的孤独

江水从我的身体穿流而过
涩味跳上舌尖，无形而破碎
我用一整晚的雨落滴答声
抵临你内心的沉默
和彻夜的失眠，把自己翻耕了一遍

街心花圃在最后的夏天被刈割

只有新鲜的欲望还淌着汁液
人立在眼前
时间的鸣响从大街上消失
我们仍怀抱着月亮的残片

风拂过一切隐忍的孤独
我几乎一无所求
我把你的暮晚和静夜喜欢过了
我情愿，永远保持这份渴念

秋　日

两个年龄相仿的孩童
搂着彼此的肩脖，贴着小脸
一个在另一个的耳边窃窃私语
他们在秋天的树下，互为安慰
栾树的每个枝桠向天空
悬举着一串风铃似的花朵
秋风起，众叶一片喧哗
白云在天上像游荡的孤儿
白云之下，栾树花梢有褐红滴落
在这润朗的秋天，我想过你
并不能给我安慰

我的世界寂静无声

现在，只剩下沉重的肉身了
我坐在自己的对面，轻拥她的双肩
平静的额头，刚好刮过一阵暴风雪
泉水的眸眼就快要枯竭了
暗藏蛙鸣柔软如苔的青丝
已染几缕薄霜

我窃听她的沉默，小半生虽有遗憾
但活得就是她自己
她的良知和恐惧，让她免受罪恶之苦
她的破碎与潮润
使她不完美的人生趋向完美
银白的寂静，是尘埃的底色
我们像一季麦子巴巴地活着
就是为了，等时间的快镰收割我们

白　鹭

自从看见那只雪一样的白鹭
掠过远处的山谷，苍翠的稻田
大片如野火的金鸡菊
低飞在我眼前
像是从时间的罅隙
沃尔科特暮年的天空
走失而来

一支鹅毛笔抒情的诗行——
亮在它的脊背上，当它旋转着羽翼
展开宽大的翅膀滑翔西去
消失在我们的世界里
一个落荒人繁花战栗的夏天
再也没有回来过

谁配得上今夜高贵的孤独

南埜静谧的夜气里
你搬来一枚月亮
拴在南山黑麂的犄角上
石头的夜，递给我驰骋的铁蹄
旷野生风，人影复行行

南山下的一盏盏灯火瞬息被拧小了一些
这个倦怠的初夏，花朵凋敝
裸陈的山脊似怀乡人的骨骼
半边月亮舔舐着锋刃
谁，配得上今夜高贵的孤独？

未被陈述的，有神秘之美

行进至语言的禁区，无以言
日夜造一座建筑，无有避所

幽幽蓝光下的颤栗，无以慰藉
我们永远对未知
以及未知旅程中充满的危险
葆有热情

我们渴望刮起一阵语言的飓风
苹果砸向词语的深渊
劲草摇。坐在莽原中心倾听风声如缕
水遁镜空。依然捕捉不到她翕动的羽翼
语言之柄，太短
未被陈述的，有神秘之美
替我们说出的远未被说出

在泊水寨

这满坡的花，是一个莽夫种给我的
他掠我为压寨夫人
要我给他生一群儿女
他嫉恶如仇，杀人如麻
却愿意为我卸下快刀
归隐，过布衣的一生

我只是安静地坐在花坡上
介入了她们的缄默，就被多了出来
我双手触摸她们的花芒
就被纷纷的手，从四面八方的手摁倒
我还做了貌似合理的事情

披发，赤脚，素服。仿佛死去了一样

埋骨花丛。给自己戴孝
可我还是在巨大的忍耐之上
燃起余生的欲望：
"就像你内心渴望的那样，爱我吧"。

大雨滂沱

天地间骤然喧哗
滂沱而至的雨，天空湍急的悲流
把路上的行人冲得狼狈四散
饮食男女双手抱于胸前或手插口袋
在临时菜市场避雨，木然地领受雨的愤怒
只有一个人撑着黑伞
在雨的泥淖中缓慢前行
像是被反复擦洗的一滴墨迹

纷纭雨滴在铁皮屋顶上练习弹跳
卖菜老妇左手拽着几张皱巴巴的纸币
右手臂湿漉漉地垂着
油麦，矮白菜，豇豆……
认真地涤荡尘世油腻的肠胃
黄水汤汤
奔流的都是我们笨拙的爱

乡 居

蔷薇花在一棵老李树上休憩
她们耷拉着。嫣粉的娇喘留在枝头
在暮春的风里缓缓积攒着倦意
阳光斡旋
一把棱镜打在夯土墙面上
不断地弥补，花影空出的幽

昔日门楣上悬贴红联：鸾凤和鸣
门外无人问落花
我也不等任何一个人
人世从未荒废
我们仅存的念，从未言说
已没有什么能使我再度厌倦了
只有墓碑沉沉
尚能听见春天的哀隐

3 月 13 日所见

经过海棠花的清晨
我对一个有孤僻症的诗人说：
"拈花一笑，万物生长。"
经过波光孕育的春江
一位老人无语独坐
人心孤独焕发的光

我是万物，万物是我
经过蓉西路 41 号鲜红的对联
与三棵老态高大的泡桐花树："在这个春天，
我们谈一谈诗学和美学吧。"

眼前一个跛行的人，正拖着他的左腿
缓慢地穿过斑马线

我们都是简单到美好的人

垂丝海棠的花瓣落在我的膝盖上
春天的短笛在寂静中骤然响起
柳丝抵抗着风的秘语，忍住摇摆
万物都有一颗叛乱的心

我立在江岸久久凝视零落的海棠
恰似我的一些念头，纷沓滑过江面
我们都是简单到美好的人
比如这一地嫣然，比如那一江春水东流
再比如，我的体内正落花簌簌

繁花小径

到处都是蓬松的金黄。凝望着
大地纵深错落的斑斓色块

衔接成一幅巨大的拼图
金色的空气，有化不开的黏稠的甜
那些飞舞的小东西，贴着花蕊嘤嗡

悬钩子的嫩芽从密林里探出
像心怀绝望的人，又活了过来
而鸟窝，安在了一棵开紫花的泡桐树上
穿行在繁花深处，我放弃抵抗

草苔幽绿，在我胸间清脆地鸣响
微风摇碎了花影，漂移着火焰
春日的穹顶之下，我缓慢地走
再缓慢一些。生怕一回头
这条繁花小径，会被远山猛地抽回

向晚十六行

篱落下逐渐暗淡的村庄，自解缆绳
在茂盛植被的簇拥中浮沉
女人的汗味，原野上油菜花的体香
混合成一小片春夜的荡漾

一只柴狗凝望着黑暗，止不住嗷叫
近乎泣涕。直到夜幕厚重
几只暮鸟，还在寂静地盘旋
它们的巢窠，幽闭于一盏灯火

仿佛时光停驻，窄门里的母亲潜潜泪下
我伏在清凉的石墩上，已睡醒一觉
梦境里的雷声与花绽，慌张地退到
四野阔大的夜色中

而我剥离我的影子，屏息，深情一瞥
窃取天空里每一个空无的掠影
如一个夜行的归人摇荡在小道上
蓦然抬头，望见闪烁的星辰

多么沉静

天空，是一匹略微泛蓝的绸缎
不染一丝阴郁和哀伤
阴霉的空气，在水汽的蒸发中变得清澈
菜薹开黄花，怯怯地抱着一滴露珠

这个春天，像每一个来临的春天
白色的雾气在灌木林中，散开又聚拢
我们的指尖还保持着洁净
从旷野采一束湿漉漉的野花归来
好像尘世从未经历过一场苦难
恐惧，和恐惧的煎熬从未降临
绝望的人从未抱着自己的影子哭泣
那些远去的人，又各自回到家中

现在，我独自一人享受阳光的垂照

面临内心的困境。仿佛遥远的人
未能来迎接我。多么沉静
只有雀鸣,午后,徒劳的沉默

雨水记

一只鸽子,在街心公园的雨水里踉跄
翅膀被雨丝拖得,太沉——
它筋疲力竭的嘴,发出一阵咕咕声
鸽子也在承受翅膀痉挛的阵痛
以及内心险些崩毁的无力感
即便,它拥有飞翔的双翼
此时也飞不出这一小片雨水的烟缕

我们没有分别
共同经历着一场春天的危机
为了能够让它起飞,我意念之火的余烬
烘烤她的翅膀,向它狂奔,做驱赶状
终于,她向着一棵低矮的黄葛树飞去
落在了枝头
用蓬松的眼神打量我

北方冬日

一只鸟巢落在枯寒的枝桠间
还有屋顶和白雪,以及琥珀色的落日

都在等待时间的押送。你在寒冷的风中
掩了掩大衣。凭栏遥望
你侧脸的轮廓有着冬日北方原野的沉静

第一只雁鸭，慌乱地贴在云母片一样的
湖面低飞。第二只腾空而起飞向落日
更多的雁鸭像镜湖上移动的暗影
我们临风而立，共度这个徒劳的黄昏

劲风卷走了芦絮和败柳
雪地上行走的人，消失在地平线
我们像地面打旋的两枚落叶
还是不忍离去。到对岸走一走吧
走近那颓败的时间密林的深处

颐和园冬记

半湖残荷垂下枯蓬，死去的浓重一笔
深深揳入冰面，半湖水选择苟活
在波纹的褶皱。在紫红色的层积云
与夕阳杏黄的投影下

垂柳的枯叶，纷纷被风的凛冽之手
集体掠去。丧失弹性的枯黑发辫垂向冰面
我们沿着西堤，步入冬日的萧瑟
枯叶蝶在半空翻飞，一次密集的迁徙

像剑，像戟，划过诗人隐痛的脸庞
一柄叶子插进我的鬓发
湖心的碎雪，迎风扑向我们

诗歌的真理是什么？我们都保持了沉默
从暮色的荻花丛中，从远处西山覆雪的尖顶
可以看见并触摸繁星

灰色的下午

在灰色的下午，刚刚停歇的
一场雨的间隙
一个女孩转动着一把花雨伞
走走停停，她的蓝色雨鞋踩得水花四溅

墙上的一块钟表揣着针码，时间已逃逸
我在等虚无的我，穿过虚无
穿过雨水冲刷的山径，细沙的每个脚印里

有好看的漩涡，在秧苗纤弱的腰上
漾着黄绿小波浪，蛙鸣从田埂上袭来
儿童在风中蓬乱着头发

我们把一切都用坏了，钟表，河流，身体
日渐消瘦的白云，和日渐低垂的天空

我现在开始嫉妒那个男人
——给女儿彤宝

我们结婚吧！？
是的，我们结婚吧！
是的，是的。

躺在暖冬的草地上，你把一个亲手编的
草戒指，套在我的中指上
朝向天空，指给我寂静中的一朵云
孩子，你要学会领会大自然的美意
向一只蝴蝶致敬，爱上黄昏的落日和飞霞
与一只松鼠交换巢穴和午餐
爱雨滴的甜，胜过苹果的甜

你把鼻息深埋我怀里
说，妈妈比世上所有的香都要香
你的眼睛里闪烁着耽美的星辰
你叫我坏妈妈、笨妈妈
我还没有学会做一个温柔的母亲
你叫我心肝妈妈、乖兔子妈妈
亲了左脸还要亲右脸。我心里盛开着
云朵般膨胀的欢愉

你穿我的旗袍，擦我的口红
踩我的高跟鞋，责骂和亲吻我的男人
亲爱的孩子，这些我都不介意

可是长大后，你会爱上一个男人
我现在开始嫉妒那个男人了

贡江即景

渔船泊在金子流淌的江面
渔夫的女人在甲板上剖分一条大鱼
他们的渔网还搭在船舷上，滴着水
从破篷布下溢出来的食物的味道
掺杂在江水浑厚的腥气里

此刻他们在享用晚餐
渔夫端着大碗坐在船头，出神地望着江面
垂柳新绿的流苏擦着碎镜中的影子
木船卧于波浪上，吱呀作响
远处巢穴里传来鹧鸪低低的啼鸣

暮色苍茫。日子显得那么陈旧和贫乏
而每一片打捞上来的波浪，都是鲜活的

颁奖笔会手记：写在内蒙太西煤集团

阿拉善记，或诗的感受

谈 骁

一

在阿拉善的第三天，我终于第一次见到了沙漠。

我在照片中看到的色泽金黄、棱角刀刻一般的沙漠，我在电影《新龙门客栈》里见到的黄沙滚滚的沙漠，我在赵牧阳《侠客行》里听到"想怒吼黄沙塞满口"时想象的沙漠，都不及此刻展现在我眼前的腾格里沙漠那么雄浑、壮阔。一切沉淀在我记忆中，在触觉、听觉、视觉中存在的知识的沙漠，都不及我捧起的一捧细沙具体、亲切。

在沙漠中待的时间不长，我拍了几张照片，观察了一会儿沙漠中的甲虫，装了一瓶沙子（想着带回去给女儿建一个微型"腾格里沙漠"），最后在沙漠中打几个滚，就该回去了。但脑子里初见的"啊"始终盘旋着，让我的脑仁嗡嗡地响，一直到我回到宾馆，眼中再没有一粒黄沙，那嗡嗡的声音也没有消停。我好像看到还有另一个我，此刻还在沙漠之中，双脚被黄沙深埋，久久地看着眼前的黄沙。

二

去阿拉善是为了领华文青年诗人奖。这个颁布了 17 届、颁给过 51 个诗人的奖，在业内分量不轻，也比较为我看重——这并非获奖之后的追认和确证，而是主持者、历届的评委和获奖者共同建筑起来的形象，何况奖励中还有"在首都师范大学驻校一年"这么一条。不用说，对我这种走出校门已久、长期想回学校而不得的人来说，做一个驻校诗人，哪怕时间短暂，也是一种巨大的诱惑。

颁奖会落户阿拉善，是因为太西煤集团。这是一家总部在阿拉善的煤炭集团。他们的公司门口、酒店门口和宣传片片头，都矗立着一尊巨大的煤块，上面写着"太西乌金"。煤和诗的结合虽然也频繁见于太西人口中，但主要是几百年前于谦的那首《咏煤炭》，其中有"但愿苍生俱饱暖，不辞辛苦出山林"句。在阿拉善的几天，我反复听到不同的人用不同的口吻和语气，或沉郁或激昂地读着。

我没写过和煤有关的诗，颁奖的晚上，太西煤的王海霞书记读了一首我的《夜路》，虽然与煤无关，听来却很应景。父亲打着火把带我们走夜路，他一路控制着火把燃烧的幅度，以支撑我们能把夜路走完——杉树皮做的火把，换成煤炭也未尝不可；而且确实也有无数个日夜，母亲俭省地用着簸箕里的煤炭，以便那火光和温暖能够持续得更久。这些都是相通的，《夜路》的最后几句是："火光蓬勃，把最后的路照得明亮无比，／我们也通体亮堂，像从巨大的光明中走出。"王书记看着台下的人（既有我们这些从外地来的人，也有许多太西煤集团的员工），语气变得激昂，而且有了画面感，我仿佛看到了太西煤的 logo，火箭升空，火焰明亮；伴随着一句旁白：太西乌金，照亮世界。

三

沙子无处不在。晚上回到宾馆，发现口袋里有，鞋袜里有，衣服的夹层也有。有好几次，听到嘴里嘎嘣一声，可能是头发丝里的沙子落进去了。阿拉善的最后一个晚上，我们从林莽老师房间聊天出来，已经 11 点了。依然决定出去走走，我叫上了芒原，芒原又叫上了林珊。从宾馆出去，心里都想着能在阿拉善的街头找到新鲜的经验。这一幕也似曾相识。大半年前，在福建泉州，大概也是这个时候，我和刘郎、彭杰、陈洪英，也这样游荡在泉州的街头。不过此刻的我是怀揣着沙漠归来残留的激情，而彼时的我身在海边，却一连几天没有看见大海，充斥在心里的是一种未被满足的匮乏。

在泉州，我们游荡了半夜，虽然也到了海边，甚至趁着夜色爬上了一条渔船，但终究没有见识到大海的无垠。也许是久久身陷在习以为常中的缘故，我太渴望和陌生之物的"初见"了，每到一地，都像一个亟待被填充的容器，希望被一切陌生之物填满，而全然不顾能否消化。

我人生中的第一次文学创作，就来自一次初见的震惊。

四

小学六年级，学校组织了一次毕业春游。我们一早出发，带着干粮（煮好的玉米、土豆和鸡蛋），沿着山谷直下，走了两三个小时，途中经过一个叫"铁索口"的地方。石壁夹峙，在头顶合成一线天；石壁之间有一条小河，河边的路仅供一人通行。一群十一二岁的孩子，胆战心惊地走在那窄窄的步行道上，头顶石壁偶有水珠落下，惹得他们时不时地惊叫。

春游的其他细节，我已淡漠，唯独在铁索口的情形，如今还历历在目。我从小生活在山里，见惯了陡峭的山势和险峻的崖壁，从未觉得其中有何优美可言。在铁索口仰望头顶的一线天，是我人生中第一次被自然震惊，第一次想要对眼前的风景说出那一声"啊"。

三年后，我读初二，像是对那声"啊"的回应，我写了一首诗。

在此之前，我也写过一些老师和同学们眼中的"好作文"：语言贫乏，但尽量优美；辞藻有限，仍不忘堆砌。空洞的造句中，没有几句"心声"。从二三年级看图说话始，我们接受的教育就是"说得漂亮"。虽然我们一再被要求写"自己的话"，但真正的自己，已经被那些知识和陈旧的话语层层包裹。所以，我至今还记得我写铁索口的句子，"悠悠绝壁直通天"之类，也陈旧，也毫无洞察，也不是自己的话，但天可怜见，它终于是自己的感受了。

也许是感受来得太晚，以后的岁月里，当我开始自觉地写作时，我变得无比地珍视它。在我语言的边界停滞不前，思想的深度难以拓展，生活的变化又还不足以更新我的表达时，感受力，几乎是我唯一拥有的东西。

五

人一生中震惊的时刻，感叹着说"啊"的时刻，还是太少了。更多时候，我们身边是日日如此、习以为常的风景，对一个致力于发现的诗人来说，他要做的，就是在此中发现彼，在是中发现非，在最熟悉的生活中，发现那若有若无的陌生。

一切发现，也是初见。它也许完形于语言，深刻于思考，但最初的由来，唤醒一个人，让他张口感叹或者哑口无言的，还是他的感受。

感受，然后说出，这是我写作的基本路径。在这个时代，感受的获得似乎变得前所未有的容易。我们不需要多识草木虫鱼之名，有一个"形色"app 就足够；我们不需要去认真地读一本书，直接通过"谷臻小简"的 AI 算法就可以获得一本书的精华。网络宣告了个体知识的匮乏，拇指的触控和键盘的敲击代替了我们的眼睛和手……这种感受，如何能获得切身的经验？

也许，诗还可以守住我们的感受力。对窗外的风声和虫鸣，我们还保留了听的耳朵；对时速 300 千米的复兴号、大海中抖动的跨海大桥、沙漠中一只爬行的甲虫，我们也可以建立个人的经验。诗的要求，不是浮光掠影的"我来了"，而是沉浸了热情和生命的"我在此"。

我愿意把我的诗称为感受之诗。是脱胎于眼耳鼻舌身的笨拙感受，而不是仰望神秘或者俯视尘世的思索。即便有一点"思"，也是经验导出的切身理解，所以它朴素，没有真理的光芒，只有感受的温度。

我愿意别人在谈论我的作品时，并非谈论姿态的先锋、语言的晦涩、思想的深邃，而是说："他的感受很深。"

六

在阿拉善的街头，我就是抱着"感受"的目的出的门。我太功利了，阿拉善并没有给我馈赠。天上没有繁星满天，街边的店也大多关了门。我在地图上查到三个街区之外就是土尔扈特大街，我本来想走过去，可外面的萧条和低温，让我收起了这个念头。

我们沿着宾馆门口的南大街走了一段，看着街道漆黑的尽头，以及尽头之外深沉、遥远的巨大阴影。我说：我们一直朝这个方向走，就能走到贺兰山吧。芒原和林珊表示同意，我们站在街道上，看了那阴影一会儿，就掉头回宾馆了。

硬挺挺地揳进我的骨血里

芒　原

　　当"硬挺挺"这个词突然出现在我的字面里，成为我诗歌骨血中一份古老传承的基因时，它开始让我很不舒服，甚至想和它来一场痛快的肉搏，但最终它又不可否认地成为身体里的一种"骨头"，坚硬、冷凉、灰暗，以及横冲直撞，又孤决难驯。或许在当下这种肉身和精神的双重悲情的境遇下，它的"立"起来，代替了我心中压抑许久的撕裂感和梦幻场域。

　　生活中柔软的事物越来越少，取而代之的"硬"却恣肆横行，有愈演愈烈和蔓延的坚挺，这不得不说是一种物质的异化。

　　在前往内蒙古阿拉善的途中，凭一张身份证就把自己托运到目的地。其实，这就是物质化呈现出来的"硬"，它和我经常见到的手铐、脚镣、绳子没什么两样，一样的冷冰冰，一样的让你去接受它，顺应着它暗藏在现场背后的真相。更让我熟悉的莫过于安检，硬挺挺的检测仪器在身上探寻，让人有种身体大陆被侦察机偷窥的感觉，也有一种要挖出身体里躲着的魔鬼现行的不适感。一路登机到转机，再到登机，如此的反反复复，谁也不认识谁，每一个人都冷若冰霜，面无表情，包括乘坐的客机，身旁的乘客，以及乘务人员都是如此。但每个人又不敢否定它，不敢跟它一刀两断，顺应就自然进入生活的场域里，久而久之，便不会大惊小怪，习以为常了。

　　穿过宁夏平原，第一次看到黄河，就匆匆地一瞥，它便从钢架结构和混凝土垒砌的大桥下静静淌过，突然就和我心目中的洒渔河相差无几，只是它宽阔、汹涌的爆发力，远胜于我出生地的洒渔河，它的一种陌生感的"硬"，同样就横在彼此之间。师傅说：

"前面就是贺兰山了。"对于师傅而言，这可能是一种回家的喜出望外，而我却想到这座山的具体背景，它是宁夏平原和内蒙古草原的分界线，一山之悬崖，人世的峭壁，甚至是人为命名的真实意图。车还在拼命朝着目的地挺进，窗外暮色渐浓，贺兰山像倒悬在大地上的一把大锯齿，它又被我人为地拉近了一点，和我熟悉的乌蒙山相比，没有那么多悬崖与峭壁，也没有那么多成片的苦难和绝望。渐渐地，贺兰山把大地和天空连成一片，最后的暮色有种铁桶般的黑，像一顿暴揍。

后来在矿区、戈壁、寺庙、贺兰草原、腾格里沙漠，以至具体到细小的煤块、乱石、经筒、敖包、骆驼、榆树、沙子……它们都以各自的形态出现，但我们又不得不惊叹于这些身外之物，它们以"硬"进入我们身体的转化力，远远超过我们对事物的攫取、消化、吸收，再进行有效的输出强大得多，这只能说明我们在这个过程中，有着精神压抑下和身体对抗途中的自我修复、自我治愈。

俗话说，至刚而易折。此时，恰恰诗歌出现了，它带着一种柔韧，进入荒漠化的人心中间。我相信，一首好诗歌，它再"硬"也是有温度的，也是传达某种神秘暖意的。

比如，当我们在贺兰山的矿区，看到一块黑黢黢的煤，当它来到我们生活中，它就会发出热量，它会变成活性炭，净化水质、吸附杂质。我想，它和诗人心中挖掘出来的诗歌，有着相同的路径。再比如，诗歌界的老前辈和诗友，太西煤集团的热情款待，火红的沙棘，腾格里柔软的沙子，南寺中跟着小喇嘛的狗，这一切的到来，使得像坚冰一样的现实，得到一种慰藉心理的平衡术，既不浮夸，也不奴颜媚骨。所以，在座谈会上我这样说："警察题材"和"诗歌中的现实"这两个命题在我从事警察职业后，以一种硬挺挺的形态揳进我的骨头里。在我于现实中陷入疲于奔命的内心深处，它们成为我拼命想抓住的一根稻草。

在阿拉善还有两个记忆深刻的场景，其一是贺兰山的白杨，它们生长的姿势是向内的，始终保持树干笔直，枝条向内收拢、抱紧，呈现一种节制、隐忍、朴拙、抗争的姿态，像时刻准备着向外的一次搏杀，象征着人心向内的姿态和某种地域性的精神。另外一个就是在南寺，当人人都在寺庙大殿中谈论佛的渊源时，我却在供奉菩萨的后殿里，看见一个老喇嘛，头发全白了，已是耄耋之年，在狭窄的甬道里擦拭一盏盏的灯座，每一个银质的灯座都被他擦拭得透着幽深的亮色，可以照见人心和影子，恍若他一尘不染的菩萨。但他依然是心无旁骛，不为喧嚣而动，依然侍奉着他心中的菩萨。

正是这些细微处，菩萨和诗歌都同样具有澄明、干净的真身，是虔诚与执着的内化。这让我突然明白，诗歌不光是写的领悟过程，也是对自己心灵与身体的唤醒之途。在越来越物化的现实生活中，遇上诗歌，是我最大的福报，它是一个永远向我敞开怀抱的渡口，是我内心深处"渡"与"自渡"的双重唤醒。

同时，我也相信，诗歌书写中的人生之况味，人性之晦暗或明亮，在多变的现实中，将会以坚韧和顽强的生命力，呈现出自身独特的美学气质，呈现出善的发心，生与死的追问，以及浮华世相下充满人性的温暖。

阿拉善一行对我而言，能获得第18届《诗探索》华文青年诗人奖的荣誉，是一份莫大的鼓励与鞭策。在此，感谢《诗探索》，感谢太西煤集团，以及苍天般的阿拉善！

诗歌，是心灵的煤
周　簌

　　去阿拉善，憧憬已久的出行，终于如期而至。从赣州飞往珠海，再从珠海中转飞银川。蓝野老师一见面就说，你是从南方飞往更南方，再从更南方飞往西北。是的，这是一场从赣南到西北的诗意迁徙，是一次灵魂的涤荡与朝觐。

　　从机场出来，已是夜幕降临，大风凛冽地刮在脸上，这里已然进入冬天。接机的工作人员第一时间打电话过来，而我手机的电量已不足10%。他言简意骇地说：你穿什么颜色的衣服？你沿着高铁指示出口出来就行，我在出口等你。这一通电话，让我在异乡感到一种慰藉。他在人群中一眼就认出了我，灰军绿风衣，一条格子围巾。时间已近晚8点，我们简单寒暄后上了车。从银川到巴彦浩特镇还有一个多小时的车程，车窗外沉重的夜色一一位移后退，一种陌生而温暖的感觉在心间弥漫。

　　对于久处南方的人来说，阿拉善太辽阔了。这里的天空是灰蓝色的，苍穹高远而肃穆，不时有黑鸟盘旋于天空，山萸树、野山桃从戈壁间跳入我们的眼帘，它们体形矮小，叶片在霜风的浸染下，有的呈暗红色，有的呈明黄色，再加之褐赭色的戈壁，就像一幅幅色彩斑斓的油画。"阿拉善"系蒙古语，意为"五彩斑斓之地"。

　　这是我人生中第一次踏入沙漠。站在腾格里沙漠脊弯上极目远眺，浩浩无际，漫漫黄沙苍茫千里。我从未见过那么多金黄细腻的沙粒，它们大量堆积在一起，形成壮丽延绵的风景线。谈骁和芒原，先后在金色的沙漠里打滚，像两个不谙世事的孩童，雀跃而欢乐。我也想躺在沙漠里打几个滚，与腾格里沙漠来一次亲密拥抱，但手里擎握着单反相机，在进沙漠之前，林莽老师就提醒我，要警惕风沙刮入单反相机的对焦环，否则对焦环卡住了，自然免不了一番心塞和折腾。加之女性的矜持，我还是忍住了。小心翼翼地踩着绵软的沙漠，双脚每陷入一次，心就跟着下沉一次。眼前的沙漠蜿蜒着高挺的脊背，是一首多么壮丽而又无法准确临摹书写的诗篇。诗意，总是在我们企图写下的时刻逃逸，即便写下来，也是大打折扣的，远不如我们的眼睛观察她时那么美好。"我表达了灵魂。你肯定没有，你只是感觉你做到了。小心你的感觉，它经常属于别人，只有在眩晕的偶然中感觉到它时，才属于我们"*。感觉，即经验的处理，这是一个诗人很艰难，又引以为傲的事情。

贺兰草原上的野草野花业已凋萎，草原如一片灰色黯然的地毯。但还是能依稀辨认一簇簇风干了的野花，枯白的丝絮在风中飘曳。草原的尽头是巍巍贺兰山脉，如马奔腾逶迤而去。漫步在贺兰草原，双眼梭巡脚下的每一片草地，草原上除了干硬的马粪，就是剃了头的枯草。当我转身，惊奇地发现，唯有一朵不知名的黄色野花，执拗地、孤独地在风中挺立。我不忍心摘下它，立刻用单反相机对准，把它存在了我的微信朋友圈。在南方，我时常深入旷野或者山林中，抬头见山，低头看水，山脊如奔腾的马群，植被茂密幽深。我们与眼前的这株野花一样，有自己的孤独和执拗。

南寺，地处贺兰山西麓的一个山谷中，也是仓央嘉措的圆寂地。一种苍凉肃静的气息笼罩着这里，耳边时有乌鸦聒噪的鸣叫，乌鸦是先知，是某种神秘事物的替身，这让我多少有点戚然。但是仓央嘉措与我的心灵距离是亲近的，我以一个诗人的身份来到阿拉善，以一个诗人的身份与仓央嘉措隔着时空对谈，这隐约中有一种超越空间的情切。对话的"他者"与肉体的"此在"，在诗歌谱系中建立了某种关联，通过静观和沉思的方式进入事物的本质，并创造出无限的可能性，即诗歌的可能性。所以，我与诗人仓央嘉措的谈话，只有拂过贺兰山麓的风才能听见。

陈亮老师示意我们，寺庙飞檐下有一只乌鸦雕塑一般，一动不动。它半卧在黄色琉璃瓦上，许久没有动弹，像是在参禅打坐，更像是一位智者冷眼打量着我们。这时，一缕阳光正照耀在我们身上，强烈的光芒让我们无法直视它。"我终于明白／世间有一种思绪／无法用言语形容／粗犷而忧伤"。站在大殿外望着周遭的状如莲瓣的山麓，我突然想起仓央嘉措的这句诗。我无数次想象仓央嘉措诗中写的"月光下的高原"，那是何等凄凉而荒芜的美。但在阿拉善的两个夜晚，我伏在窗前都没能看见月光。这里的荒漠、草原、沙漠、戈壁，加之干燥的空气，使我两个夜晚都异常亢奋，一夜基本无眠。《诗探索》华文青年诗人奖连续举办了18年，在文坛的专业认可度很高，在来阿拉善之前，我还处在不真实的幻觉中。即便站在阿拉善的土地上，我依然对于诗歌的未来之路该如何走，始终是困惑和迷惘的。我唯一能确认的是，诗歌是我无法割舍的，是我生命中不可或缺的。既然前路充满着未知，那么，继续热爱，继续坚持走下去吧。

我们深入太西煤集团矿区参观了采空区综合治理工程、瓦斯发电项目以及兴泰煤化工业园活性炭产品。一整天参观下来，让我对太西煤集团有了新的理解，这是一个有责任担当、有核心理念的企业。他们把活动的每一个环节都安排得妥帖细致，让人领略到了太西人坦诚、务实、认真的工作态度，以及一种强大的团队凝聚力。对煤，我并不陌生。我出生的小村庄深处有延绵的大山，深山里有两座小煤矿。我的父亲年轻时是一名挖煤工，我的母亲为了补贴家用，时常去煤场做小工。为了确保煤炭的质量，矿场会雇一批工人（多半是老人和妇女）从煤堆里把煤矸石挑拣出来。

有时候煤以斤论价抵扣工钱，母亲就会从煤场扛半袋煤回家，在小煤炉上烹煮一日三餐。当然，那些燃烧的煤，并非像太西乌金煤那样三低六高的高品质无烟煤。浓烟中母亲的呛咳声，一声声叩打着黄昏屋檐下的冬柿。冬天的夜晚，煤的余烬还在闪烁着温暖的火光，母亲会在煤炉子上架一口油锅，炸红薯片或油糍。油锅里翻卷着香味，火力正好，母亲坐在煤炉子旁有一天中少有的耐心，一番操作有条不紊，不徐不疾。火光照在母亲平和的脸上，也照亮了那些贫瘠的岁月以及我的整个童年。

煤，是大量植物埋藏在地底下，经过亿万年的时间而形成的。这与"诗"有共通之处，奥地利诗人里尔克说：我们应该用一生之久，尽可能那样久地去等待，采集真意与精华，最后或许能写出十行好诗。挖煤的过程，就像我们采集诗意的过程。写诗的过程，更像是一名挖煤工辛苦的劳作。不断开掘，撇去杂质和异物，让朴实的生活呈现熠熠生辉的诗意。诗歌与煤，都是那般不可多得，那般弥足珍贵。太西乌金，照耀世界。而诗歌又何尝不是，她填补着心灵的空洞，照亮驱赶内心的黑暗与阴冷。诗歌，是一束火光。诗歌，更是心灵酝酿沉积而成的一粒乌黑的煤。她时刻能引领我们找到美的发源地。

定了闹钟，凌晨 6 点 30 分出发去机场，这时阿拉善的天还是灰蒙蒙的。汽车飞快地行驶在国道上，灰色的天空正逐渐明亮和湛蓝起来，我看见天边有几朵细碎流云拖着一抹金色的朝霞，太阳正从朝霞后面喷涌而出。太阳出来了。我的心底涌起短暂欢愉后无限的惆怅。

注：＊引自佩索阿

第 18 届华文青年诗人奖活动掠影

第18届华文青年诗人奖获奖者（左起）谈骁、周簌、芒原

谢冕先生向太西煤董事长王以廷先生赠送书法作品："半张纸的友情"

太西煤集团董事长王以廷先生在第 18 届华文青年诗人奖开幕式上致辞

出席第 18 届华文青年诗人奖的获奖者、评委和嘉宾在阿拉善左旗最大的敖包前合影

获奖诗人（左起）谈骁、周簌、芒原合影

参加第18届华文青年诗人奖活动的与会者参观位于贺兰山腹地供奉
着六世达赖喇嘛仓央嘉措灵塔的南寺时的合影

第 18 届华文青年诗人奖活动的与会者在腾格里沙漠采风合影

获奖诗人（左起）谈骁、周簌、芒原在沙漠中的合影

林莽赠王以廷董事长的诗与画

《诗探索》简介

《诗探索》简介

《诗探索》创办于 1980 年，至今已历时 40 年，是中国第一本新诗理论和新诗写作的研究性刊物，是一本经历了新时期以来中国新诗发展全历程的期刊。

《诗探索》为季刊，一年 4 辑，每辑分为理论卷和作品卷，全年共 8 册。北京大学教授、诗歌理论家谢冕先生既是该刊的创办人，也是《诗探索》编辑委员会的主任；诗歌理论家吴思敬为理论卷主编；诗人林莽为作品卷主编。

《诗探索》在工作中始终坚持高品位和探索性，坚持发现诗歌写作和理论研究的新人，努力培养创作和研究兼备的复合型人才，为中国新诗的理论研究和创作研究做出贡献。

《诗探索》拥有专业有效的读者群，是中国诗人和研究者、诗歌机构、各大图书馆的优选读物。

《诗探索》分支机构、诗歌活动及图书出版

《诗探索》编辑委员会下设分支机构"诗探索艺术空间"，它是《诗探索》面向诗人和诗歌爱好者的一个开放方式的窗口。

它开设有"诗歌云课堂""诗人会客厅""诗歌的声音""诗歌艺术网店"等项目及一些专项的诗歌活动等。

《诗探索》近些年编辑了许多和诗歌写作、诗歌研究相关的图书，如每年的《诗歌年选》；几个奖项的获奖作品集以及其他近百种诗歌图书。

《诗探索》设立的几个奖项

《诗探索》编辑委员会为表彰优秀的诗人和诗歌作品，引导中国新诗的写作方向，设立了几个各具特色的全国性诗歌奖项：

一、诗探索·华文青年诗人奖：该奖为年度青年诗人奖，旨在表彰有一定写作成就的、40 岁以下的、有创作潜力的青年诗人。

每年 1 届，每届获奖者 3 名，已经评出 18 届，共有 54 位优秀的中国诗坛一线的诗歌写作者获得了该奖项。

二、诗探索·中国红高粱诗歌奖：2010 年《诗探索》与莫言家乡高密市共同设立了该奖项。旨在表彰那些有生活体验的、有地域性特色的诗歌写作者。至今该奖项已经举办了 11 届，有三十几位诗人获得了该奖项。

三、诗探索·中国诗歌发现奖：《诗探索》与诸城琅琊书院共同创办。该奖项是一组诗和一篇针对本组诗歌的评论文章同时获奖，每年 1 届，已举办了 5 届，已经有 30 位作者获得了该奖项。

四、诗探索·中国春泥诗歌奖：《诗探索》和山东省平度市"春泥诗社"共同设立。我们顺应时代发展，在过去"乡土诗""新诗"的乡土归纳命名基础上，首次提出了"乡村诗歌"的新概念，该奖项旨在奖励书写现代乡村题材的优秀诗人。

五、其他的诗歌奖项、大赛，不再一一介绍。